Alison Lang lives in Edinburgh and writes fiction in Gaelic and English. Her first collection of short stories, Cainnt na Caileige Caillte, was shortlisted for the Saltire Society's first book of the year award in 2009, and her work has also been published in *Gath* and in *The Scotsman*.

By the same author

Cainnt na Caileige Caillte (Ùr-sgeul, 2009)
An Claigeann aig Damien Hirst, Vol 2. (Ùr-sgeul, 2009)

SAN DÙTHAICH ÙIR

Alison Lang

SANDSTONEPRESS
HIGHLAND | SCOTLAND

The Sandstone Meanmnach Series

San Dùthaich Ùir

First published in 2011 in Great Britain by Sandstone Press Ltd,
PO Box 5725, One High Street, Dingwall,
Ross-shire IV15 9WJ, Scotland

Thug Comhairle nan leabhraichean tabhartas barantais
airson sgrìobhadh an leabhair seo, agus chuidich a' Chomhairle
le cosgaisean an leabhair.

EDITOR: Dòmhnall Iain MacLeòid

LAGE/ISBN-13: 978-1-905207-75-6

Cover design by River Design, Edinburgh.

Typeset in Plantin Light by Iolaire Typesetting,
Newtonmore, Strathspey.

Printed and bound by TOTEM.COM.PL

Contents

Story Outline

1. Anna recalls how her father told her stories about the family's long journey from the old country to the safety of the new country. As a young child, she has already noticed how hard her mother has to work, while her father seems to do nothing but sit at home reading.

2. Anna is fascinated by Aunt Marguerite's jewellery box, fur coat and tales of her former career as an opera singer, now curtailed by ill health. Anna's mother in her apron and headscarf bears little resemblance to her glamorous sister.

3. At the age of five, Anna is sent to school in a second-hand uniform. Her brother Frederick is supposed to take care of her but leaves her to fend for herself. With both children at school, their mother gets a job in a factory and works long hours as the household's sole breadwinner. Anna's father and Marguerite do little to help, and Anna begins to take on domestic duties at home.

4. Frederick, now ten years old, gets in trouble with the law. Anna eavesdrops on her parents' conversation with the policeman who has brought Frederick home, as they assure him that there will be no further misdemeanours. So engrossed is Anna in the conversation that she fails to notice Marguerite's jewellery box lying unlocked, and she misses her chance to look inside.

   More than fifty years later, Anna discovers Marguerite's jewellery box and prepares to open it.

5. Following Frederick's brush with the law, their father warns Anna and Frederick that as foreigners they will have

to work harder than their peers if they are to succeed, and that they should be grateful that they no longer live under the regime of the old country. Frederick seems unconcerned, but Anna is frightened as she realises for the first time that not everyone welcomes immigrants. Marguerite comes home late and the adults talk in private. Anna tries to listen, but they are speaking the language of the old country, which she can't understand.

6. Marguerite gets a job in the factory but soon falls ill again. Anna's mother takes on more hours and even her father starts looking for a job, hoping to generate enough income to move to a better neighbourhood. Men from the old country come to visit him and they talk in the old language. Anna is surprised to learn that theirs is not the only family to have come from the old country, but she finds these men sinister, and despite their efforts they are unable to find suitable work for her father.

Years later, Anna unpacks Marguerite's suitcases. Amidst the smell of mothballs she can still detect Marguerite's distinctive perfume.

7. Marguerite often stays out late and Anna doesn't know where she goes. Anna has lots of questions, especially about the old country, and the only person who is willing to tell her anything is Marguerite, but even she would rather tell Anna about the opera than about their family's past.

8. Anna hears her father arguing with Marguerite about the money she suddenly seems to have at her disposal – enough to buy a radio – and how she has come by it. Anna can't understand the details of the argument, especially when the adults slip back into the old language. Anna's mother reassures her that everything will be all right, and Anna and Frederick know better than to refer again to the fact that their father in his rage has broken the precious radio.

9. Marguerite leaves in the middle of the night without warning. Wearing her fur coat and carrying a small suitcase, she gets into a waiting car. Only Anna sees her go.

10. When Anna comes home from school, her father is discussing Marguerite's disappearance with the men from the old country. At supper, he announces that Marguerite is no longer welcome in their home.

Years later, Anna is opening the second suitcase, which contains Marguerite's fur coat and jewellery box.

11. Months pass and Anna misses Marguerite, but she dare not ask about her. Her mother takes her out for the day, on the pretext of buying school uniform, but instead they go to meet Marguerite for tea at a smart hotel. Marguerite assures her sister that she is well and happy, and insists on giving her a wad of banknotes despite her protestations.

12. Anna doesn't know who Marguerite is talking about when she tells Anna's mother, "He's a good man. Truly." Anna's mother warns her that she must keep the visit a secret from her father and from Frederick, not by telling lies but just by saying nothing.

13. Anna's father hasn't the least suspicion about the secret meeting with Marguerite. It occurs to her that her mother might regularly meet Marguerite while Anna and her father are at the library, and this makes her wonder whether her father also has secret meetings he doesn't tell anyone about.'

Anna recalls how Marguerite's belongings came back into her possession through a chance meeting with Jennifer, whom Anna had not seen since Marguerite's funeral. Jennifer, the daughter of Marguerite's husband, found the suitcases when clearing her father's old house.

14. Anna's father becomes enthusiastic about her education when the librarian comments on her advanced reading skills, and he begins to coach her for the exam that will determine which secondary school she attends. If she does well, she might even go to university, unlike Frederick, who failed his exam and isn't motivated at school. Anna hasn't seen Marguerite for a long time, but she discovers that her mother is still meeting her and getting money from her.

15. Anna passes the exam with ease and gets into the best school in the district. Her parents are very proud of her, and her father tells the men from the old country how her achievement will open doors for her. One of the men asks her what her favourite subject is. When she tells him it's history, he says that it's vital to understand history so that we don't repeat the mistakes of the past, but Anna knows next to nothing about her own family's history or about the old country.

16. Frederick leaves school, even though he's not legally old enough. When his parents find out and confront him, he retorts that by repairing cars he is at least earning a wage, which is more than his father seems capable of doing. An argument ensues and Frederick storms out.

Anna collects the suitcases from Jennifer at the house where Marguerite and her rich husband once lived.

17. Frederick comes home only to pack his things and take his leave of his mother, but he ignores his father. Anna notices her mother slipping money into Frederick's pocket and wonders how he will manage to make his way in the world, remembering their father's warning that it would be harder for them because they are immigrants. Anna's father goes out to meet one of the men from the old country, and she ponders the fate of the family.

18. Anna's father gets a job in a bookshop. He seems happy, but her mother considers such work unsuitable for a man who was a great scholar in the old country. Anna can hardly believe that her mother has been content to work at menial jobs while her husband held out for a position befitting his high status, but her mother upbraids her and reminds her that none of them would have got out of the old country if it hadn't been for him.

19. Her father's employment gives her mother more opportunities to visit Marguerite, and twice Anna goes with her, still under instruction to keep the visits a secret. On her twelfth birthday, Anna's present from Marguerite is a trip to the opera, where she meets Marguerite's gentleman friend, Arthur. The opera is about a courtesan who falls in love with a man whose family oppose their marriage. Anna loves the opera and now understands how much Marguerite misses her former career.

20. Frederick approaches Anna on her way home, wanting to speak to their mother but anxious to avoid their father. Anna lets him into the house, but he won't tell her what's happening. When their mother arrives home, Fred falls on his knees and begs her for forgiveness.

21. Anna is dying to hear what has happened to Frederick, but her mother sends her downstairs to look out for her father and distract him should he return. Eventually, mother and son emerge from the house and hurry off together. When her father comes home, Anna has to pretend that all is as normal, but late at night she hears her mother crying in the kitchen.

As she prepares to open the jewellery box, Anna reflects on how families grow apart. Fred never came to Marguerite's funeral. There was no reason for Anna and Fred to see each other again once their mother was dead. How ironic that the sickly Marguerite should have outlived her sister.

22. Marguerite and Arthur invite the whole family to their wedding, even Anna's father, who becomes enraged by the unexpected news and by the fact that Marguerite intends to marry a "foreigner" from the new country. Anna's mother calms him down and he apologises for his intemperate reaction, explaining that thoughts of the old country have been weighing on him.

23. Anna's father doesn't attend Marguerite's wedding, but Anna is pleased that she and her mother are able to go without making a secret of it. Two of Arthur's children, Jennifer and Samuel, are at the wedding. Anna has never been at a wedding before, and is delighted with her grown-up outfit, even if she's not allowed a glass of wine. She is surprised to learn that her mother hadn't told Marguerite about Frederick leaving home.

24. Once Marguerite is married, Anna and her mother no longer conceal the fact that they meet her occasionally in town. After six years of lies and secrecy, this is a relief to Anna, even if there is still no prospect of Marguerite visiting them at home. But she is aware that her mother is still not telling her father everything about Frederick, and she wonders if Marguerite knows the whole story. However, Anna also has an important decision of her own to make; should she leave school or stay on and go to university?

25. Anna wins a scholarship which allows her to go to university without any financial burden on her parents. As she goes away for her first term, her parents set off for their first ever holiday, and she's pleased that they are at last enjoying some of the freedoms of the new country after all their years of hardship. Her mother writes to Anna asking

her to visit Marguerite, concerned about her health, and she resolves to go and see her at the weekend.

26. Anna receives news that her father has died suddenly of a heart attack. She goes home to find her mother sitting alone in the kitchen. The men from the old country have taken charge of the funeral arrangements.

27. The only other mourners besides Anna and her mother are the men from the old country, and also women from the old country, whom Anna has never seen before. Anna is unfamiliar with the style of worship and singing, because her parents have never taught her about the religious practices of the old country. The women take charge of the catering and offer to help her mother, and Anna wonders why these women were never around to help when she was growing up. Anna stays at home for a week before returning to university, and Marguerite and Arthur come to visit.

Anna investigates the contents of the jewellery box and finds letters between her mother and Marguerite, but they're written in the language of the old country. There are also photographs, including photographs taken in the old country, one of which might be Anna's grandmother. Anna is frustrated by how little she knows about her family and by the fact that it is now too late to ask anyone.

28. Marguerite and Arthur invite Anna's mother to come and live them, but she isn't sure that she should allow herself to be dependent on them. Then Fred returns home one weekend with his pregnant girlfriend.

29. Anna's mother decides to stay at home to support Fred and Edith, who move in with her. Anna discovers that Fred has been living just a few streets away, lodging with Edith's family, and that her mother knew of his whereabouts all

along. Anna's mother is making a martyr of herself for her son's sake, while she seems to regard Anna as having deserted her family to go to university.

30. Seeing how happy her mother is with her new grandchild makes it easier for Anna to pursue her own interests. She goes on holiday to Europe and visits many of the places Marguerite has told her about. She recognises that her education gives her choices that the likes of Edith can never enjoy, but also that her mother had been given a choice between an easy life with Marguerite and Arthur and a harsh life with Fred and Edith, and had chosen the latter.

31. When their mother dies, ten years later, Anna disapproves of the extravagant funeral Fred arranges for her. Sitting in one of the big, black cars with Marguerite, she remembers her father's funeral and wonders where all the people from the old country are now.

32. Anna visits Marguerite, now over eighty, in hospital. She is in a lot of pain following surgery on a complicated fracture, and not everything she says makes sense. Jennifer asks Anna if she understands Marguerite when she speaks the language of the old country, but Anna was never taught it at home. That night, Marguerite dies in her sleep

What was Anna hoping to find in the jewellery box? She never took advantage of the chances she had to ask about her family while her mother and Marguerite were alive, and now it's too late. And there's no one she can talk to. Fred is enjoying a comfortable retirement on the golf course and has no interest in their family history. Jennifer wouldn't understand; she's always known everything about her family, with no mysteries to unravel. Anna sits surrounded by Marguerite's belongings, and her eyes fill with tears as realises that she will never get the answers to her questions now.

Caibideil I

Geàrr-chunntas

Anna recalls how her father told her stories about the family's long journey from the old country to the safety of the new country. As a young child, she has already noticed how hard her mother has to work, while her father seems to do nothing but sit at home reading.

Chan eil cuimhne agam air an t-seann dùthaich, an dùthaich san do rugadh mi. Bha mi glè òg nuair a dh'fhalbh sinn, mi fhìn 's mo phàrantan, mo bhràthair mòr agus piuthar mo mhàthar, Marguerite.

Thàinig sinn don dùthaich seo ann an trèana, thairis air crìochan ceithir dùthchannan, agus an uair sin air bòrd bàta mòr. Chan eil cuimhne agam air an trèana no air a' bhàta, ach dh'innis m' athair dhomh mun deidhinn. Agus is e sin a' chiad rud air a bheil cuimhne agam – a bhith nam shuidhe air an làr agus m' athair na shuidhe sa chathair mhòr aige a' coimhead sìos orm, leabhar air choireigin na làimh agus a speuclairean air am putadh suas gu mullach a chinn.

"'S ann air bòrd a' bhàta a bha sinn," thuirt e, "agus thàinig seòladair far an robh sinn 's thug e dhomh ubhal airson do bhràthair Frederick."

"Carson nach d'fhuair mise ubhal?" dh'fhaighnich mi.

"Bha thusa ro òg aig an àm, m' eudail," fhreagair e. "Cha robh fiaclan annad fhathast agus chan b' urrainn dhut ubhal ithe. 'S tha mi a' creidsinn nach robh aige ach aon ubhal co-dhiù. Agus thuig mi an uair sin gur e dùthaich mhath a bhiodh ann, 's gum biodh daoine sàbhailte an seo, ann an dùthaich far an toireadh coigreach an t-aon ubhal a bh' aige do bhalach beag nach b' aithne dha."

Fhad 's a bha m' athair a' bruidhinn bha mo mhàthair ag iarnaigeadh. Bha i daonnan ag iarnaigeadh, lèine às dèidh lèine, coilear às dèidh coilear. Chan eil fhios agam dè fhuair i airson gach tè dhiubh, ach bha sinn a' cur feum air a h-uile sgillinn. Tron latha bhiodh i gan nighe, shìos san taigh-nighe far an robh uisge teth, agus tron fheasgar bhiodh i gan iarnaigeadh.

Bhiodh i ga dhèanamh cho faisg air an uinneig 's a b' urrainn dhi. Cha robh dealan ri fhaighinn ach tron uèir airson an t-solais ann an meadhan mullach an t-seòmair, 's mar sin chan fhaigheadh tu solas agus dealan aig an aon àm. Na seasamh air a' bhòrd, bhiodh i a' toirt an t-solais a-mach agus a' cur uèir an iarainn na àite. 'S leis an uèir sìnte cho fad 's a rachadh e, bhiodh i ag obair air a' chnap mhòr aodaich sa bhasgaid gus an robh a h-uile lèine iarnaigte agus paisgte.

Agus bhiodh m' athair na shuidhe sa chathair aige. Nuair a bha mo mhàthair a' cleachdadh an iarainn cha robh solas gu leòr aige san t-seòmar bheag dhorcha sin airson a leabhraichean a leughadh. Bha an t-àm seo den fheasgar a' còrdadh rium, nuair a bha tìde aig m' athair airson bruidhinn rium. Nuair a bha e a' leughadh cha robh cead agam bruidhinn ris agus dh'iarr mo mhàthair dhomh gun a bhith a' cur dragh air.

Cha robh m' athair ag obair. Cha robh nigheadaireachd aige ri dhèanamh, no obair ann am factaraidh mar a bha aig mo mhàthair nuair a bha mi rud beag na bu shine. Ach bhiodh e a' leughadh gun sgur, na shuidhe sa chathair mhòr leis an leabhar na làimh chlì, a' slìobadh fheusaig le a làimh dheis agus bho àm gu àm a' cantainn facal no dhà ris fhèin mar nach robh duine eile san t-seòmar còmhla ris.

Beag-fhaclair 1

an t-seann dùthaich   *the old country*
san do rugadh mi   *where I was born*
crìochan ceithir dùthchannan   *the borders of four countries*
nach b' aithne dha   *whom he didn't know*
taigh-nighe   *wash-house*
cnap mòr aodaich   *a big pile of clothes*
a' slìobadh fheusaig   *stroking his beard*

Caibideil II

Anna is fascinated by Aunt Marguerite's jewellery box, fur coat and tales of her former career as an opera singer, now curtailed by ill health. Anna's mother in her apron and headscarf bears little resemblance to her glamorous sister.

Cha robh obair aig Marguerite nas mò. Bha Marguerite air a bhith na seinneadair san t-seann dùthaich, agus san Eadailt agus san Fhraing, far an robh i airson greis aig *conservatoire* ag ionnsachadh le fear de na tidsearan as ainmeile san t-saoghal.

San dùthaich ùir, ge-tà, cha robh Marguerite na seinneadair. "*Ma cherie*," chanadh i rium, "chan eil cultar aca san dùthaich seo mar a bha againne." Bhiodh facal Frangais no dhà sa h-uile rud a chanadh i, oir bha Frangais agus iomadh cànan eile aice. "Ach nuair a bha mi sna taighean-opera ann am *Paris* agus *Milano* . . . Anna, *ma petite*, cha chuala tu riamh an ceòl 's chan fhaca tu an t-èideadh a bha air na daoine uasal agus na boireannaich bhrèagha . . . ah! . . . *c'est si belle*."

Bha mi a' tuigsinn nach robh Marguerite slàn. Bhiodh i a' casadaich tron oidhche agus bha i daonnan a' gearan mu cho fuar 's a bha i agus ag òl rudeigin a-mach à botal beag airson a cumail blàth. Cha robh i ag ithe mòran idir. Bhiodh mo mhàthair a' trod rium fhìn is ri Frederick nam biodh rud sam bith air fhàgail air ar truinnsearan, ach cha bhiodh i a' trod ri Marguerite.

Ged nach robh i slàn, bha Marguerite bòidheach. Cha robh a cuid aodaich a-nise san fhasan, ach bha e air a bhith grinn aig aon àm. Bhiodh *rouge* air a bilean agus brogan àrda air a casan. Nuair a dh'fhàs mi rud beag nas sine chunnaic mi cho eu-coltach ri chèile 's a bha Marguerite agus mo mhàthair, leis an aparan oirre agus brèid air a ceann. Cha chreideadh tu gur e peathraichean a bh' annta.

Bha Marguerite air toirt leatha bhon t-seann dùthaich dà rud a bha prìseil dhi, a còta-bèin agus bogsa beag fiodha anns an robh seudan agus rudan eile a bha iongantach dhomh. Bha am bogsa seo glaiste, ach bho àm gu àm bhiodh Marguerite ga fhosgladh le iuchair bheag òir. "*Régarde, ma cherie*," chanadh i, a' sealltainn dhomh dèideag air choireigin. "Fhuair mi seo bho iarla san t-seann dùthaich. Aon oidhche thàinig e don opera agus thuit e ann an gaol sa bhad le do *Tante Marguerite*, a bha òg is bòidheach sna làithean sin."

"Ach tha sibh fhathast bòidheach, tha mise a' smaoineachadh," bhithinn ag ràdh.

"A! Anna, m' eudail, na bruidhinn rium mar sin, *je t'empris*. Nuair a tha do bhòidhchead air falbh cha till e. Agus cha till na seann làithean, làithean m' òige."

Agus dhùnadh i am bogsa agus bhiodh deur na sùil. "Tha mi duilich, Anna," chanadh i. "Tha thu cho òg 's chan eil thu a' tuigsinn, ach chan urrainn dhomh . . . chan urrainn dhomh bruidhinn mu dheidhinn." Agus bhiodh i a' dol a laighe air a leabaidh.

Cha robh còta-bèin no seudan aig mo mhàthair. Cha robh fàinne air a corraig no rudan prìseil aice ann am bogsa beag brèagha le iuchair òir. Cha robh aicese ach obair.

Beag-fhaclair II

nas mò   *either*
fear de na tidsearan as ainmeile   *one of the most famous teachers*
slàn   *healthy*
cho eu-coltach ri chèile   *so different*
brèid air a ceann   *wearing a head scarf*

còta-bèin   *fur coat*
seudan   *jewels*
iongantach   *marvellous*
glaiste   *locked*

Caibideil III

At the age of five, Anna is sent to school in a second-hand uniform.
Her brother Frederick is supposed to take care of her but leaves her
to fend for herself. With both children at school, their mother gets
a job in a factory and works long hours as the household's sole
breadwinner. Anna's father and Marguerite do little to help, and
Anna begins to take on domestic duties at home.

Nuair a bha mi còig bliadhna a dh'aois, bha an t-àm ann a
dhol don sgoil agus fhuair mi aodach ùr. Cha robh e ùr
a-mach às na bùithtean, ach bha e ùr dhomhsa. Chaidh sinn
a chèilidh air caraid mo mhàthar, aig an robh nighean a bha
dà bhliadhna na bu shine na mise, agus cheannaich sinn
èideadh na sgoile bhuaipe – pinafore goirid donn, dà
bhlobhsa gheal agus seacaid chlòimh le suaicheantas na
sgoile air a' phòcaid. Cha d' fhuair mi brògan ùra, oir bha
feadhainn agam mar-thà agus thuirt mo mhàthair gun
dèanadh iad a' chùis.

Fhuair Frederick brògan ùra. Bha e a' fàs cho luath gun
robh feum aige air rudan ùra fad an t-siubhail.

Thàinig mo mhàthair còmhla rium air a' chiad latha ach
às dèidh sin chuir i an t-uallach air Frederick a bhith a'
coimhead às mo dhèidh. Rinn e sin airson latha no dhà, ach
nuair a bha sinn air an t-slighe chun na sgoile thàinig a
charaidean agus thòisich iad a' magadh air, a' tarraing às
a chionn 's gun robh aige ri bhith a' coimhead às dèidh a
phiuthar bheag. An ath latha thàinig e còmhla rium gu
ceann an rathaid mus tuirt e rium, "Tha thu eòlach air an
rathad. Siuthad. Bidh thu ceart gu leòr." Agus ruith e air
falbh agus dh'fhàg e mi far an robh mi.

Bha mi airson mo bhràthair a leantainn, ach chaidh e á sealladh. Ach chunnaic mi nighean eile air an robh èideadh na sgoile agus chaidh mi às a dèidh. 'S ann mar sin a dh'ionnsaich mi an t-slighe chun na sgoile, ach cha tuirt mi smid ri mo mhàthair.

Nuair a thòisich mi san sgoil, fhuair mo mhàthair obair ann am factaraidh. Cha robh fios agam dè bha iad a' dèanamh ann, dìreach gun robh i uabhasach sgìth nuair a thilleadh i dhachaigh gach feasgar agus nach robh i a' nighe aodach dhaoine eile tuilleadh.

Gu math tric bhiodh mo mhàthair a' tighinn dhachaigh anmoch air an oidhche, uaireannan nuair a bha sinn san leabaidh, agus dhèanadh Marguerite suipeir dhuinn. Dh'iarradh i orm a cuideachadh agus chòrd sin rium, ach chunnaic mi nach robh i math air còcaireachd 's nach robh i comhfhurtail sa chidsin. Bho àm gu àm bhiodh i a' coimhead sìos air a làmhan agus air a h-aparan mar nach robh i ga h-aithneachadh fhèin san aodach sin. Bha mi duilich air a son.

Bhiodh m' athair ga mo mholadh airson m' oidhirpean. "Bu tu an còcaire, Anna!" thuirt e. "Is math gu bheil thu cho deònach cuideachadh a thoirt do Mharguerite. Chì mi gur e nighean do mhàthar a th' annad."

Ach cha robh m' athair gar cuideachadh. Bhiodh e na shuidhe sa chathair mhòr a' leughadh. Thigeadh e chun a' bhùird nuair a bha am biadh deiseil agus as dèidh làimhe rachadh e air ais gu na leabhraichean aige.

Beag-fhaclair III

cha robh e ùr a-mach às na bùithtean   *not newly bought*
a chèilidh   *to visit*
èideadh na sgoile   *school uniform*
suaicheantas na sgoile   *school badge*
fad an t-siubhail   *all the time*

chuir i an t-uallach air   *Frederick gave Frederick the responsibility*
a' magadh air   *making fun of him*
a' tarraing às   *teasing him*
chaidh e á sealladh   *went out of sight*
cha tuirt mi smid   *I didn't say a word*
nach robh i comhfhurtail   *that she wasn't comfortable*
m' oidhirpean   *my efforts*
nighean do mhàthar   *your mother's daughter*

Caibideil IV

Frederick, now ten years old, gets in trouble with the law. Anna eavesdrops on her parents' conversation with the policeman who has brought Frederick home, as they assure him that there will be no further misdemeanours. So engrossed is Anna in the conversation that she fails to notice Marguerite's jewellery box lying unlocked, and she misses her chance to look inside.

More than fifty years later, Anna discovers Marguerite's jewellery box and prepares to open it.

Bha Frederick deich bliadhna a dh'aois agus bha mise seachd nuair a thàinig am polasman chun an dorais. Fear reamhar àrd a bh' ann, greim aige air làmh mo bhràthar a bha a' coimhead cho beag ri taobh an duine mhòir seo. Bha feagal orm nuair a dh'fhosgail mi an doras, agus chunnaic mi gun robh feagal air Frederick cuideachd.

Bha mo phàrantan aig an taigh agus thàinig am polasman a-steach a bhruidhinn riutha. Chaidh mo chur air falbh gu seòmar-cadail Marguerite, an seòmar a b' fhaide air falbh bhon chidsin, far nach b' urrainn dhomh an còmhradh aca a chluinntinn, ach thàinig mi air ais agus dh'èist mi aig an doras. Is e guth m' athar a chuala mi.

"Cha tachair seo a-rithist," bha e ag ràdh. "Nì sinn cinnteach às a sin."

Thuirt mo mhàthair rudeigin, a guth sàmhach, ach cha b' urrainn dhomh a dhèanamh a-mach. Agus an uair sin bha am poileasman a' bruidhinn.

"Bidh e air leasan ionnsachadh an-diugh," thuirt e. "Nach eil thu air leasan ionnsachadh, 'ille?" Agus an uair sin ri mo phàrantan a-rithist, "Bidh balaich òga a' dèanamh a leithid bho àm gu àm, agus ged a chanas cuid nach eil iad a' dèanamh cron sam bith tha sinne airson stad a chur orra mus tèid iad gu rudan nas miosa. Chan eil sibh ag iarraidh eucoireach san teaghlach, a bheil?"

"Chan eil, gu dearbh," fhreagair mo mhàthair, a guth na bu làidire an turas seo. "Cumaidh sinn smachd air agus nì sinn cinnteach nach dèan e a leithid a-rithist."

"Nuair a thàinig sinn don dùthaich seo," arsa m' athair, "bha fios againn gun robhas a' toirt urram don lagh an seo. Nì sinn cinnteach gu bheil Frederick a' tuigsinn sin."

Chuala mi gun robh na daoine sa chidsin a' gluasad, agus ruith mi air ais gu seòmar Marguerite. Cha robh mi air faighinn a-mach dè rinn Frederick. Thog mi iris a bha ri taobh na leapa, a' coimhead air dealbhan nam pàtran fighe, dìreach mus tàinig mo mhàthair a-steach.

"Anna, thig air ais don chidsin, m' eudail. Tha mi fhìn is d' athair ag iarraidh facal ort."

Agus dh'fhalbh mi còmhla rithe, ach nuair a thionndaidh mi airson an iris a chur sìos laigh mo shùil air a' bhogsa bheag fhiodha. Bha e fosgailte. Bha e air a bhith fosgailte fad na h-ùine.

★ ★ ★

Agus tha an aon bhogsa an seo air mo bheulaibh an-dràsta. Dùinte. Glaiste. As dèidh còrr air leth-cheud bliadhna . . . faisg air trì fichead. An seo, am measg aodach agus treallaich eile, beatha boireannaich paisgte ann an dà mhàileid, tha am bogsa a thug "tante" Marguerite na cois bhon t-seann dùthaich agus a chùm i fad a beatha. Ach an turas seo, tha cead agam fhosgladh.

Beag-fhaclair IV

greim aige air làmh mo bhràthar   *holding my brother's hand*
feagal   *fear*
a leithid   *this kind (of)*

a' dèanamh cron sam bith   *doing any harm*
eucoireach   *criminal*
cumaidh sinn smachd air   *we will keep him under control*
gun robhas a' toirt urram don lagh   *that people respected the law*
iris   *magazine*
ri taobh na leapa   *beside the bed*
treallaich eile   *other trinkets*
paisgte ann an dà mhàileid   *stored in two suitcases*

Caibideil V

Following Frederick's brush with the law, their father warns Anna and Frederick that as foreigners they will have to work harder than their peers if they are to succeed, and that they should be grateful that they no longer live under the regime of the old country. Frederick seems unconcerned, but Anna is frightened as she realises for the first time that not everyone welcomes immigrants. Marguerite comes home late and the adults talk in private. Anna tries to listen, but they are speaking the language of the old country, which she can't understand.

Tha cuimhne agam fhathast air a h-uile facal a thuirt m' athair rinn sa chidsin air an latha sin. Gun robh sinn nar coigrich san dùthaich seo. Gum biodh daoine a' coimhead oirnn, air an dol-a-mach againn, agus dùil aca gun dèanamaid rudeigin ceàrr. Nach robh ar beatha a' dol a bhith furasta, nach robh còirichean againn air dachaigh no biadh no sgoil no beò-shlàint mar a bha aig muinntir na dùthcha seo fhèin. Agus gun robh oidhirp na bu mhotha a dhìth nan robh sinn a' dol a shoirbheachadh san dùthaich ùir.

Tha e coltach gun do ghoid Frederick agus dithis bhalach eile suiteis a-mach à bùth aig ceann na sràid. Chanadh cuid nach robh ann ach eucoir bheag neo-chiontach, ma tha leithid a rud ann, ach bha m' athair fiadhaich mu dheidhinn. Bha còir aig Frederick a bhith taingeil, thuirt e, oir cha robh na poilis anns a h-uile dùthaich cho socair 's cho tuigseach 's a bha iad san dùthaich seo. Nan robh e air an aon rud a dhèanamh san t-seann dùthaich bhiodh e sa phrìosan, far nach robh ceartas ann do ar leithid-ne agus fìor dhroch theans gum faigheadh e a-mach às.

Thàinig e am follais cuideachd nach b' e seo a' chiad rud
a rinn Frederick ceàrr. Bha e air a bhith a' goid an siud 's an
seo fad mhìosan, e fhèin 's na gillean eile, agus bha iad air
uinneagan taigh-glainne a bhriseadh agus teine a chur ri
craobhan ann an gàradh seann bhoireannach a bha a'
fuireach faisg air an sgoil. Agus bha m' athair a' dèanamh
a-mach gun robh an gnothach na bu mhiosa airson mo
bhràthar na bha e airson nam balach eile, a rugadh agus a
thogadh san dùthaich seo.

Chuir seo feagal orm. Cha robh mo phàrantan air mòran
a ràdh mu na h-adhbharan a dh'fhàg sinn an t-seann
dùthaich; dìreach gun robh an dùthaich seo nas fheàrr agus
gur ann an seo a bha ar beatha gu bhith. Ach a-nis, airson a'
chiad uair, thàinig e a-steach orm gun robh daoine san
dùthaich ùir seo nach cuireadh fàilte oirnn agus a bhiodh
airson ar cur air ais don àite às an do theich sinn nuair nach
robh mi ach nam leanabh òg.

Bha Frederick a' dèanamh a dhìcheall coltas a bhith air
nach robh e a' gabhail dragh sam bith, ach bha aodann
dearg agus chùm e gu math sàmhach. Cha robh mo mhàt-
hair ag ràdh mòran idir. Rinn i an t-suipeir gun fhacal a
ràdh, agus dh'ith sinn ar biadh còmhla ann an sàmhchair
mhì-chomhfhurtail.

Air adhbhar nach b' urrainn dhomh tuigsinn, bha mi a'
faireachdainn ciontach, ged nach robh mise air càil a
dhèanamh ceàrr.

Chan eil fios agam càit an robh Marguerite air an
fheasgar sin, ach cha robh i aig an taigh. Nuair a thàinig
i dhachaigh an oidhche ud, dh'fhuirich ise agus mo phàr-
antan sa chidsin gu anmoch a' bruidhinn mu na bha air
tachairt. Bhruidhinn iad san t-seann chànan, rud nach
robh iad a' dèanamh tric, agus ged a chuala mi an cainnt
tron bhalla, 's mi nam laighe na mo leabaidh san dorch-
adas, cha do thuig mi na briathran. Mu dheireadh thall
chaidh na h-inbhich don leabaidh cuideachd, agus dh'èist
mi ri Marguerite a' casadaich, ri mo mhàthair a' rànaich

agus ri m' athair – rud nach cuala mi roimhe no bhon uair
sin – ag ùrnaigh.

Beag-fhaclair V

coigrich   *strangers, foreigners*
còirichean   *rights*
gun robh oidhirp na bu mhotha a dhìth   *that we needed to make more
    of an effort*
dol a shoirbheachadh   *going to succeed*
ceartas   *justice*
fìor dhroch theans   *very little chance*
thàinig e am follais   *it became apparent*
teine a chur ri craobhan   *had set trees on fire*
uinneagan taigh-glainne   *greenhouse windows*
nach cuireadh fàilte oirnn   *didn't welcome us*
a' dèanamh a dhìcheall   *doing his best*
coltas a bhith air   *giving the impression*
nach robh e a' gabhail   *dragh sam bith that he wasn't worried*
sàmhchair mhì-chomhfhurtail   *an uncomfortable silence*

Caibideil VI

Marguerite gets a job in the factory but soon falls ill again. Anna's mother takes on more hours and even her father starts looking for a job, hoping to generate enough income to move to a better neighbourhood. Men from the old country come to visit him and they talk in the old language. Anna is surprised to learn that theirs is not the only family to have come from the old country, but she finds these men sinister, and despite their efforts they are unable to find suitable work for her father.

Years later, Anna unpacks Marguerite's suitcases. Amidst the smell of mothballs she can still detect Marguerite's distinctive perfume.

Dh'atharraich cùisean as dèidh sin. Rinn mo mhàthair barrachd uairean san fhactaraidh agus airson greiseag fhuair Marguerite obair ann cuideachd, ach cha do mhair sin fada oir dh'fhàs i tinn a-rithist.

"A Mharguerite," dh'fhaighnich mi dhi, "nuair a bhios sibh a' faireachdainn nas fheàrr, am bi sibh a' dol air ais don fhactaraidh?"

"Anna, *ma petite*," fhreagair i ann an guth ìosal, "cha robh dùil agam riamh gur ann mar seo a bhiodh cùisean. *Je n' avais jamais . . .*" agus stad i, a' casadaich a-rithist. Agus bhris mo mhàthair a-steach oirnn, ag iarraidh orm gun a bhith a' cur dragh air Marguerite.

Mun àm sin, thòisich m' athair air an oidhirp aige fhèin air obair a lorg. Bhiodh e a' dol a-mach a choinneachadh ri daoine, agus bhiodh daoine nach b' aithne dhomh a' tighinn don taigh cuideachd. Daoine bhon t-seann dùthaich. Dhèanadh mo mhàthair teatha dhaibh agus bhruidhneadh iad ri m' athair san t-seann chànan nach robh mi a' tuigsinn.

B' e seo a' chiad turas a chunnaic mi daoine eile bhon t-seann dùthaich. Cha robh mo phàrantan air innse dhomh gun robh barrachd dhaoine air an aon t-slighe-imrich a dhèanamh 's a rinn sinne. Ach bha na fireannaich seo a' cur feagal orm. Bha aodach neònach dorcha orra, bha an guthan searbh agus an sùilean geur, agus bha iad a' coimhead orm fhìn agus air Frederick ann an dòigh neònach cuideachd. Ach bha againn ri bhith air leth modhail fhad 's a bha iad a' cèilidh oirnn.

Nuair a bhiodh obair aig an triùir aca, thuirt m' athair, dh'fhaodamaid taigh ùr fhaighinn, sam biodh taigh-beag is amar a-staigh, ann an sgìre nas fheàrr far an robh na sgoiltean nas fheàrr agus far nach robh na gillean òga ri eucoir. Ged nach do rugadh duine againn san dùthaich seo, thuirt e, cha robh adhbhar sam bith nach fhaigheadh e taigh comhfhurtail agus beatha nas fheàrr airson a theaghlaich. Cha robh a dhìth ach oidhirp cheart agus obair chruaidh, agus beagan cuideachadh bho ar caraidean.

Cha d'fhuair m' athair obair, ge-tà. Bhiodh na fìrinnich bhon t-seann dùthaich a' tighinn agus a' falbh, ach cha robh obair aca air a shon, agus cha robh e deònach a dhol a dh'obair ann am factaraidh. Cho fad 's a bha mo mhàthair a-mhàin a' cosnadh bha e follaiseach gun robh sinn dol a dh'fhuireach far an robh sinn.

Agus ged a bha mi a' smaoineachadh gun còrdadh e rium a bhith ann an taigh ùr snog, ann an dòigh bha mi toilichte nach robh againn ris an taigh a bh' againn fhàgail, oir bha mi toilichte san sgoil.

* * *

Bu chòir dhomh na rudan seo a chur gu bùth-charthannais. Chan eil iad anns an fhasan tuilleadh, ach tha cuid a dhaoine ag iarraidh rudan aosta, agus 's e aodach math a bh' aig Marguerite. Phàigheadh i prìs àrd airson stuth ceart, agus b' fheàrr leatha a bhith rùisgte na a bhith air aodach tana saor a chur oirre, ged nach biodh sgillinn aice airson biadh no màl no rudan cudromach eile.

Dh'fhosgail mi a' chiad mhàileid an toiseach, an tè mhòr. B' e fàileadh naphthalene a' chiad rud a bhuail orm, ach bha fàileadh eile na lùib cuideachd, rud milis. Am "parfum" cosgail a bhiodh Marguerite a' cur oirre.

Dè bha an t-ùghdar ainmeil air a ràdh mun chuimhne a th' againn air fàilidhean ar n-òige? 'S e an fhìrinn a bh' aige.

Cha robh sa mhàileid ach na rudan ris am biodh tu an dùil – dreasa no dhà, deise, geansaidh cashmere, fo-aodach, brògan. Bha e coltach gun robh iad air a bhith ann airson greis mhòr. Bha ceist orm an e Marguerite fhèin a chuir iad sa mhàileid, no cuideigin eile nuair a chaochail i. Bha duilleagan pàipear-naidheachd air an pacaigeadh am broinn nam brògan. Dh'fhosgail mi iad agus thug mi sùil air an deit. Nuair a bha Marguerite fhathast beò. Feumaidh gun do chuir i fhèin na rudan seo sa mhàileid nuair a bha i a' dol . . . ach càit am biodh i a' dol?

Agus an uair sin dh'fhosgail mi a' mhàileid eile.

Beag-fhaclair VI

a' cur dragh air   *bothering*
an oidhirp aige fhèin   *his own efforts*
an aon t-slighe-imrich   *the same immigrant journey*
guthan searbh   *harsh voices*
a' cèilidh oirnn   *visiting us*
taigh-beag is amar a-staigh   *an inside toilet and bath*
a' cosnadh   *in employment*
follaiseach   *obvious*
bùth-charthannais   *charity shop*
anns an fhasan   *in fashion*
tuilleadh   *any more*
stuth ceart   *good material*
màl   *rent*
màileid   *bag, case*
fo-aodach   *underwear*
air an pacaigeadh am broinn nam brògan   *packed inside the shoes*

Caibideil VII

Marguerite often stays out late and Anna doesn't know where she goes. Anna has lots of questions, especially about the old country, and the only person who is willing to tell her anything is Marguerite, but even she would rather tell Anna about the opera than about their family's past.

Gu math tric bhiodh Marguerite a-muigh gu anmoch. Cha robh fios agam dè bha i a' dèanamh no cò bha còmhla rithe, agus ged a bha mi airson faighneachd dhi cha robh mi cinnteach ciamar a dhèanainn e. Bha làithean ann nuair nach robh mi ga faicinn idir, oir bhiodh i fhathast na cadal mus rachamaid don sgoil agus bhiodh i fhathast a-muigh nuair a rachainn don leabaidh air an oidhche.

Uaireannan bhiodh i a' tighinn a-steach a choimhead orm. Bhithinn a' cumail mo shùilean dùinte, ged a bha mi airson coimhead oirre agus bruidhinn rithe. Bhiodh i a' toirt pòg dhomh agus bhiodh fàileadh milis dhith. Agus an uair sin rachadh i don leabaidh agus cha bhiodh i ag èirigh ach as dèidh dhuinne falbh sa mhadainn.

Chuir mi a' cheist air mo mhàthair. "Càit am bi Marguerite a' dol, 's i a' tighinn dhachaigh cho anmoch?" Ach cha d'fhuair mi freagairt.

"Thalla thusa don t-seòmar agad, Anna," thuirt mo mhàthair, "agus na bi a' faighneachd cheistean gòrach." Agus dh'iarr i dhomh gun a bhith a' cur dragh air Marguerite, oir cha robh i slàn.

Bha tòrr ceistean agam, ge-tà. Ceistean mu dheidhinn na bhiodh Marguerite a' dèanamh nuair nach robh i aig an taigh, ceistean mu m' athair agus carson nach b' urrainn dha

obair a lorg, agus ceistean mun t-seann dùthaich . . . b' e
Marguerite an aon neach a bha deònach bruidhinn mu
dheidhinn nan rudan sin.

Agus bha mi airson a h-uile rud a chluinntinn . . . mun
taigh-opera san robh i a' seinn, no mun iarla a thuit ann an
gaol leatha. Nam mhac-meanmna bha a' bheatha a bha air a
bhith aig Marguerite san t-seann dùthaich mar bheatha a
bhiodh aig caractar ann an sgeulachd.

Chuala sinn sgeulachdan san sgoil mu eachdraidh, mun
teaghlach rìoghail san àm a dh'fhalbh, mu chogaidhean
agus mu dhùthchannan cèin. Ach bha sgeulachdan na b'
fheàrr buileach sna leabhraichean a bh' aca san leabharlann,
mu chreutairean annasach agus na gaisgich a bhiodh a'
sabaid riutha, no mu bhana-phrionnsaichean a bhiodh a'
dannsa fad na h-oidhche, no mu spùinneadairean a bhiodh
a' sireadh airgead is òr ann an eileanan fada air falbh.

Bha mi airson sgeulachd Marguerite a chluinntinn, chan
e na criomagan beaga a bhiodh i ag innse dhomh ach an
sgeulachd air fad. Mar a fhuair i cothrom a dhol gu Paris sa
chiad dol a-mach, mu na daoine ris an do thachair i nuair a
bha i ann, agus mun ùine a chuir i seachad san Eadailt a'
seinn san taigh-opera a bha cho ainmeil.

Bhiodh i ag innse dhomh sgeulachdan nan opera fhèin.
Gu math tric bha iad mu dheidhinn boireannach brèagha a
bha ann an gaol le fear a bhiodh ga trèigsinn agus bhiodh an
tè bhochd air a fàgail na h-aonar gus am faigheadh i bàs le
briseadh-cridhe no le galair uabhasach. No bhiodh sgeu-
lachd annta mu dheidhinn dhaoine san aon teaghlach a'
sabaid an aghaidh a chèile airson cumhachd no airgead agus
cha bhiodh fios aig an dàrna fear gur ann an aghaidh a
bhràthar fhèin a bha e a' strì 's an dithis aca air an sgaradh
bho chèile aig àm breith. Sgeulachdan mìorbhailteach a bh'
annta.

Ach a bharrachd air sgeulachdan an taigh-opera, cha d'
fhuair mi sgeulachdan eile mun t-seann dùthaich. Nan
cuirinn ceist oirre mun t-seann bheatha a bh' aca, cha

chanadh Marguerite ach, "Ah, Anna, *c' est si difficile a comprendre*, agus tha thusa cho òg. Ach tha sinn an seo a-nis, *fait accompli!* 'S ann san dùthaich seo a tha ar beatha. Tha sinn gu math fortanach, *n' est-ce pas?*"

Beag-fhaclair VII

as dèidh dhuinne falbh   *after we had left*
cha robh i slàn   *she wasn't well*
taigh-opera   *opera house*
mu dhùthchannan cèin   *about faraway lands*
spùinneadairean   *pirates*
criomagan beaga   *little snippets*
gus am faigheadh i bàs   *until she died*
briseadh-cridhe   *heartbreak*
galar uabhasach   *a terrible disease*
air an sgaradh bho chèile aig àm breith   *separated at birth*
mìorbhailteach   *wonderful*

Caibideil VIII

Anna hears her father arguing with Marguerite about the money she suddenly seems to have at her disposal – enough to buy a radio – and how she has come by it. Anna can't understand the details of the argument, especially when the adults slip back into the old language. Anna's mother reassures her that everything will be all right, and Anna and Frederick know better than to refer again to the fact that their father in his rage has broken the precious radio.

Aon oidhche chuala mi ùpraid uabhasach. Bha mi san leabaidh mar-thà. Bha Frederick fhathast air a chois; bha cead aige dhol don leabaidh leth-uair a thìde na b' anamoiche na mise.

Bha an rèidio air sa chidsin. Bha Marguerite air an rèidio a thoirt a-steach leatha aon latha, mar thiodhlac dhuinn. Bha mi fhìn agus Frederick air ar glacadh leis an inneal ùr seo, ach cha robh m' athair toilichte mu dheidhinn.

"Ciamar a fhuair i an t-airgead air a shon?" dh'fhaighnich e de mo mhàthair.

"A bheil e gu diofar?," fhreagair mo mhàthair, "Bha i airson rudeigin snog a dhèanamh air ar son, agus seall cho toilichte 's a tha a' chlann leis."

Cha robh m' athair air càil a bharrachd a ràdh aig an àm, agus as dèidh seachdain no dhà bha e fhèin cho dèidheil air an rèidio 's a bha sinne.

An oidhche a bha seo, bha an rèidio air sa chidsin agus bha Frederick fhathast air a chois. Bha mi eadar dùsgadh is cadal ag èisteachd ri fuaimean nan daoine eile nuair a chuala mi guth m' athar 's e ag èigheach aig àrd a chlaiginn. Anns a' mhionaid bha mi nam dhùisg agus shuidh mi an-àird anns an leabaidh. Chuala mi guth mo mhàthar agus guth Marguerite cuideachd. Agus an uair sin chuala mi Frederick a' gearan gun robh còig mionaidean aige fhathast mus rachadh e don leabaidh, agus mo mhàthair a' ràdh ris nach robh sin gu diofar agus gun robh e a' dol innte "gun dàil, a bhalaich", agus doras a' chidsin ga dhùnadh le brag.

Bha Frederick a' dèanamh tòrr fuaim a' dèanamh deiseil airson a dhol don leabaidh, agus cha b' urrainn dhomh na guthan sa chidsin a chluinntinn gu soilleir, ach lean an còmhradh – an argamaid – airson suas ri leth-uair a thìde, agus chuala mi rud no dhà.

Guth Marguerite: ". . . ma tha an t-airgead cho gann, sin agad airgead . . ."

Agus guth m' athar: ". . . mas ann mar sin a fhuair thu e . . . bha sinn na b' fheàrr dheth as aonais . . ."

Cha b' urrainn dhomh ciall a dhèanamh dheth. Aig amannan bhiodh iad a' tionndadh air ais don t-seann chànan, nach robh mi a' tuigsinn idir. Agus mu dheireadh thall, chuala mi fuaim uabhasach – mar rudeigin trom a' tuiteam agus a' briseadh – agus bha iad sàmhach.

Chaidh iad uile don leabaidh as dèidh sin. Thàinig mo mhàthair a-steach don t-seòmar-cadail, agus chùm i mo làmh agus thuirt i gum biodh a h-uile càil ceart gu leòr, ach cha do dh'fhuirich i fada.

Sa mhadainn, bha an rèidio briste. Bha e na sheasamh far an robh e air a bhith, ach nuair a thionndaidh Frederick am putan cha tàinig fuaim sam bith às. Thug mi fhìn agus Frederick sùil air a chèile ach cha tuirt sinn càil.

Beag-fhaclair VIII

ùpraid uabhasach   *an awful din*
air a chois up,   *not in bed*
mar thiodhlac dhuinn   *as a present to us*

air ar glacadh   *entranced*
a bheil e gu diofar   *does it matter*
ag èigheach aig àrd a chlaiginn   *shouting at the top of his voice*
gun dàil   *immediately*

Caibideil IX

Marguerite leaves in the middle of the night without warning.
Wearing her fur coat and carrying a small suitcase, she gets into a
waiting car. Only Anna sees her go.

Dh'fhalbh Marguerite goirid as dèidh sin. Le a còta-bèin
uimpe agus a màileid bheag na làimh choisich i air falbh.
Chunnaic mi seo tron uinneig. Dh'fhalbh i anmoch air an
oidhche, nuair a bha a h-uile duine eile nan cadal. A h-uile
duine ach mise. Nuair a thàinig i far an robh mi, nam laighe
san leabaidh, chùm mi mo shùilean dùinte. Chuir i a làmh
gu h-aotrom air mo cheann. Cha tuirt i ach, "*Ma petite.*"

Chuala mi an doras a' dùnadh agus a brògan air an
staidhre. Leum mi suas agus chaidh mi chun na h-uinneig,
a' feitheamh gus an nochdadh i air an t-sràid a-muigh. Agus
chunnaic mi i a' coiseachd air falbh, agus an càr a bha a'
feitheamh oirre a' cur air a sholais, agus ise a' cur a màileid
ann agus an uair sin a' suidhe sa chàr, agus an càr a' falbh
san dorchadas.

Bha e fuar agus chaidh mi air ais don leabaidh.

Sa mhadainn cha tuirt duine càil. Bha mo mhàthair a'
dèanamh na bracaist, bha m' athair a' leughadh pàipear-
naidheachd, agus bha Frederick ag ithe agus a' sgrìobhadh
rudeigin ann an leabhran – obair-sgoile nach do rinn e an
oidhche ro làimh.

"Carson a dh'fhalbh i?" dh'fhaighnich mi.

"Dè tha thu ag ràdh?" arsa m' athair.

"Carson a dh'fhalbh Marguerite? Nach robh i toilichte an
seo?"

"Na bi gòrach. Tha Marguerite fhathast san leabaidh.

Cha do dh'fhalbh i a dh'àite sam bith," thuirt mo mhàthair. "Nise, greas ort agus ith rudeigin no bidh an t-acras ort san sgoil."

B' àbhaist do Mharguerite a bhith na leabaidh gu meadhan na maidne. Bhiodh e air a bhith na iongnadh do mo theaghlach nan robh i air nochdadh sa chidsin airson greim bidh cho tràth sa mhadainn. Ach bha fios agam gum feumainn innse dhaibh.

"Dh'fhalbh i," thuirt mi a-rithist. "Dh'fhalbh Marguerite an-raoir agus chaidh i ann an càr. Chunnaic mi i tron uinneig."

Chuir m' athair sìos a phàipear, chuir Frederick sìos a pheann, agus chuir mo mhàthair sìos na truinnsearan le brag. Bha an triùir aca a' coimhead orm.

Dh'fhalbh mo mhàthair an uair sin gu seòmar Marguerite agus chaidh Frederick as a dèidh. Cha do charaich m' athair, ge-tà. Dh'fhuirich e far an robh e, a' coimhead orm thairis air na speuclairean aige. Cha tuirt mi smid.

Nuair a thill mo mhàthair thàinig i far an robh mi agus chuir i a làmh air mo ghualainn. "Tha e fìor," thuirt i. "Tha Marguerite air falbh."

Beag-fhaclair IX

le a còta-bèin uimpe   *wearing her fur coat*
an oidhche ro làimh   *the night before*
cha do charaich m' athair   *my father did not move*

Caibideil X

When Anna comes home from school, her father is discussing Marguerite's disappearance with the men from the old country. At supper, he announces that Marguerite is no longer welcome in their home.

Years later, Anna is opening the second suitcase, which contains Marguerite's fur coat and jewellery box.

Bha againn ri falbh don sgoil, agus mar sin cha robh fios agam dè bha a' tachairt aig an taigh tron latha sin, ach bha ceist orm mu dheidhinn. Am biodh m' athair a' dol a choimhead airson Marguerite? Airson a toirt air ais? Am biodh na poileis ga toirt air ais, mar a thachair le Frederick nuair a ghoid e na suiteis às a' bhùth?

Ach cha robh Marguerite air càil a dhèanamh ceàrr. Bha saorsa aig inbhich nach robh aig clann. Dh'fhaodadh i falbh nan robh i air a shon.

Nuair a thill mi bha na fireannaich bhon t-seann dùthaich sa chidsin a' bruidhinn ri m' athair. Chuala mi an còmhradh aca, sa chànan nach do thuig mi, agus cha robh mi ag iarraidh a dhol a-steach. Ach bha iad air fuaim an dorais a chluinntinn agus dh'fhosgail iad doras a' chidsin. Bha ceathrar aca ann, agus m' athair. Thug iad sùil gheur orm ach cha do bhruidhinn iad rium. Dh'iarr m' athair orm a dhol don t-seòmar agam agus rinn mi sin, ged a bha an t-acras orm.

Cha robh mo mhàthair air tilleadh bhon fhactaraidh fhathast, agus bha Frederick fhathast a-muigh. Nuair a thill iad, dh'fhalbh na fireannaich, agus ghabh sinn ar suipeir còmhla.

Bha sinn sàmhach. Cha robh ri chluinntinn ach fuaim sgian air truinnsear, agus mo bhràthair a' cagnadh le a bheul fosgailte. Cha do dh'iarr mo mhàthair air a bhith modhail. Cha do dh'fhaighnich m' athair no mo mhàthair dhuinn dè bha sinn air a dhèanamh san sgoil, agus ged a bha mi airson innse dhaibh gun d'fhuair mi rionnag òir airson litreachadh bha fios agam nach biodh sin iomchaidh.

Mu dheireadh thall, nuair a bha sinn deiseil, thuirt m' athair, "Tha piuthar do mhàthar, Marguerite, air falbh. Chan eil fios againn le cinnt càit a bheil i, ach cha bhi i a' tilleadh."

"Ciamar a tha fios agaibh nach bi i a' tilleadh?" thòisich Frederick. "Is dòcha gun ti . . ."

"Ma thilleas i," thuirt m' athair, "cha bhi fàilte roimpe san dachaigh seo. Sin am facal mu dheireadh a th' agam ri ràdh air a' chùis."

Thug mi sùil air mo mhàthair. Bha deur na sùil ach cha tuirt i càil. Chaidh iarraidh orm fhìn agus air Frederick na soithichean a nighe agus a chur air falbh agus rinn sinn sin. Bha obair-sgoile againn cuideachd agus chuir sinn seachad an còrr den fheasgar a' dèanamh sin, fhad 's a bha mo mhàthair ag iarnaigeadh – an stuth againn fhìn a bh' ann na làithean seo, chan e an stuth aig daoine eile, ach bha e fhathast ga cumail trang.

Bha m' athair na shuidhe sa chathair mhòr, air cùl a phàipeir-naidheachd, ach bha fios agam nach robh e ga leughadh. Cha robh e airson coimhead ann an sùilean mo mhàthar. Cha robh e airson a deòir fhaicinn.

Ruith an tìde gu math slaodach tron fheasgar sin. Bha mi air crìoch a chur air an leabhar a fhuair mi bhon leabharlann agus cha robh càil eile agam ri leughadh. Cha robh mi airson faighneachd de m' athair am faighinn duilleag às a' phàipear-naidheachd, agus cha robh càil aig Frederick ach pàipearan-comaig làn dhealbhan grànda. Bha mi ag iarraidh a dhol a choimhead ann an seòmar Marguerite, oir bha mi a' gabhail iongnadh am biodh i air irisean fhàgail ann, irisean le dealbhan brèagha de bhoireannaich ann an aodach spaideil. Ach bha feagal orm gun cuireadh e an cuthach air mo phàrantan nan rachainn ann, agus dh'fhuirich mi far an robh mi.

Bha mi taingeil nuair a thuirt mo mhàthair gun robh an t-àm ann a dhol don leabaidh.

★ ★ ★

Cho luath 's a dh'fhosgail mi a' mhàileid bheag, dh'aithnich mi dè bha na broinn. Còta-bèin den stoidhle a bha san fhasan aig àm a' chogaidh. Còta Marguerite, a bha air a druim nuair a theich i às an t-seann dùthaich agus gu tric san dùthaich seo, ged nach robh e san fhasan tuilleadh. Ach cha b' e fasan a bha cudromach do Mharguerite. Bhiodh fasanan a' tighinn agus a' falbh, ach bhiodh stoidhle a' mairsinn. Thog mi e agus chuir mi mo chorragan tron bhian, mar a rinn mi uaireannan nuair a bha mi òg.

Ach nuair a chunnaic mi dè bha fodha am broinn na màileid, chuir mi an còta sìos a-rithist agus thog mi an rud eile. Am bogsa. Am bogsa a bh' aig Marguerite.

Beag-fhaclair X

bha saorsa aig inbhich nach robh aig clann   *adults had more freedom than children*
rionnag òir airson litreachadh   *a gold star for spelling*
iomchaidh   *appropriate*
chan eil fios againn le cinnt   *we don't know for sure*
pàipearan-comaig làn dhealbhan grànda   *comic books full of nasty pictures*
a' gabhail iongnadh   *wondering*
ann an aodach spaideil   *in elegant clothes*
gun cuireadh e an cuthach air mo phàrantan   *it would annoy my parents*
na broinn   *inside it*

Caibideil XI

Months pass and Anna misses Marguerite, but she dare not ask about her. Her mother takes her out for the day, on the pretext of buying school uniform, but instead they go to meet Marguerite for tea at a smart hotel. Marguerite assures her sister that she is well and happy, and insists on giving her a wad of banknotes despite her protestations.

Chaidh na mìosan seachad agus thàinig an geamhradh. Bha mi ag ionndrainn Marguerite, ach ged a bha mi airson faighneachd de mo mhàthair mu deidhinn bha mi a' faireachdainn nach biodh e glic sin a dhèanamh.

Aon latha, Didòmhnaich a bh' ann, thuirt mo mhàthair gun robh sinn dol a chèilidh air banacharaid dhi – an tè aig an robh nighean rudeigin na bu shine na mise – airson èideadh-sgoile ùr a cheannach bhuaipe. Dh'fhàg sinn m' athair agus Frederick aig an taigh agus dh'fhalbh an dithis againn air bus gu sgìre den bhaile air nach robh mi eòlach. Cha deach sinn gu taigh a caraid, ge-tà, ach gu taigh-òsta.

Air an t-sràid an taobh a-muigh an taigh-òsta, stad mo mhàthair agus thug i sùil air a faileas san uinneig, a' dèanamh cinnteach gun robh a falt a' coimhead math gu leòr, agus an uair sin thionndaidh i thugamsa agus rinn i an aon riut ormsa, a' bruiseadh m' fhalt far mo bhathais agus a' cur m' ad ceart. Agus chaidh sinn a-steach.

Cha robh mi riamh air a bhith ann an àite cho spaideil. Aig a h-uile bòrd bha boireannaich bhrèagha le aodach fasanta orra, agus an luchd-frithealaidh ann an dubh is geal a' toirt dhaibh teatha ann am poitean airgid agus bonnachain bheaga mhilis agus ceapairean. Agus anns an oisean

bha ceathrar luchd-ciùil a' cluich, an ceòl aca ealanta ach
sàmhach, gus nach milleadh e còmhradh nan daoine-uasal.

Agus aig bòrd ann am meadhan an t-seòmair bha Mar-
guerite na suidhe leatha fhèin, aodach ùr agus tòrr sheudan
oirre. Cho luath 's a chunnaic i sinn thàinig i far an robh
sinn agus chuir i a gàirdeanan timcheall air mo mhàthair, ga
pògadh uair is uair, agus an uair sin an aon rud leamsa.
Chaidh sinn chun a' bhùird aice agus nochd fear-frithea-
laidh ri ar taobh.

"Henri, seo mo phiùthar agus a nighean Anna, *ma toute
petite cherie*," arsa Marguerite ris an fhear-fhrithealaidh.
"Dèan thusa cinnteach, Henri, gum faigh iad a h-uile càil
a tha iad ag iarraidh."

"*Bien sûr, madame*," fhreagair e. Thuirt mi gun robh mi
ag iarraidh reòiteag, ach cha robh mo mhàthair ag iarraidh
ach teatha. Bha an duine uabhasach gasta, agus thuirt e
"mademoiselle" rium. Thàinig an reòiteag ann an truinn-
sear beag glainne, le sabhs milis dearg air.

Bha greim aig mo mhàthair air làmh Marguerite, a' cur
mìle ceist oirre. An robh i fhathast a' fuireach san aon àite?
Ciamar a bha a slàinte na làithean seo? An robh i fhathast a'
casadaich? An robh i a' cadal tron oidhche?

Bha fiamh-ghàire aig Marguerite agus bha i cho ciùin 's a
ghabhas. "*Cherie*, chan eil adhbhar agad a bhith iomagai-
neach mu mo dheidhinn. Tha mi sàbhailte 's tha mi
toilichte. Tha mi dìreach an dòchas gu bheil thusa ceart
gu leòr. Agus an fheadhainn òga."

Thionndaidh Marguerite thugamsa an uair sin. Bha m'
aire air a bhith air an reòiteag, ach ghabh i mo làmh na
làimh-se agus choimhead i orm. "Tha mi air a bhith gad
ionndrainn, Anna. Seall ort! *Régarde*, tha thu a' fàs cho mòr.
Tha mi 'n dòchas gu bheil thu a' cumail d' aire air d' obair-
sgoile. Tha mi cinnteach gu bheil."

"A bheil sibh a' tighinn dhachaigh còmhla rinn?"
dh'fhaighnich mi.

"Chan eil, Anna. Tha mi duilich. Ach tha rudeigin agam

dhut. *Quelque chose* dhut fhèin." Agus dh'fhosgail i a sporan agus thug i dhomh dà bhonn ghleansach airgid.

"O, tapadh leibh!" thuirt mi, ach thuirt mo mhàthair, "Cha bu chòir dhut."

"Na bi gòrach," arsa Marguerite, agus thug i a-mach grunn notaichean banca air am pasgadh le chèile agus chuir i ann an làimh mo mhàthar iad. "Siuthad, *cherie*," tuirt i. "Tha fios agam gu bheil feum agad air. Agus na can guth ris-san."

Beag-fhaclair XI

ag ionndrainn Marguerite   *missing Marguerite*
dol a chèilidh air banacharaid dhi   *to visit a friend of hers*
air nach robh mi eòlach   *that I wasn't familiar with*
faileas   *reflection*
a' bruiseadh m' fhalt far mo bhathais   *brushing my hair off my forehead*
luchd-frithealaidh   *waiters and waitresses*
poitean airgid   *silver pots*
bonnachain bheaga mhilis   *sweet little cakes*
ceòl ealanta ach sàmhach   *elegant, subdued music*
tòrr sheudan oirre   *wearing lots of jewels*
cho ciùin 's a ghabhas   *as calm as could be*
iomagaineach mu mo dheidhinn   *worried about me*
cumail d' aire air   *concentrating on*
dà bhonn ghleansach airgid   *two shiny silver coins*
cha bu chòir dhut   *you shouldn't*
grunn notaichean banca air am pasgadh le chèile   *a wad of folded banknotes*
na can guth ris-san   *don't say a word to him*

Caibideil XII

Anna doesn't know who Marguerite is talking about when she tells Anna's mother, "He's a good man. Truly." Anna's mother warns her that she must keep the visit a secret from her father and from Frederick, not by telling lies but just by saying nothing.

Thàinig Marguerite còmhla rinn gu doras an taigh-òsta, a' toirt iomadh pòg dhuinn mus do dh'fhalbh sinn. Chuir i fhèin agus mo mhàthair an gàirdeanan timcheall a chèile, agus thuirt Marguerite, " 'S e duine math a th' ann, *cherie. Vraiment.*"

Bha e a' fàs dorcha agus bha cabhag oirnn a' tilleadh dhachaigh. Nuair a bha sinn air a' bhus chuir mi ceist air mo mhàthair.

"Cò an duine math? An e Henri a bha i a' ciallachadh?"

"Dè? Cò Henri?"

"Am fear a bha san taigh-òsta, deise dhubh air. Bha iad a' bruidhinn Frangais ri chèile."

"Cha robh san duine sin ach fear-frithealaidh, Anna. Is dòcha gur ann às an Fhraing a tha e."

"Cò an duine math, ma-tà? Bha Marguerite ag ràdh gun robh an duine math – *vraiment.*"

"Bha i dìreach a' bruidhinn mu dheidhinn cuideigin air a bheil i eòlach," thuirt mo mhàthair. "Caraid dhi."

"Agus an e . . ." ach cha d'fhuair mi cothrom crìoch a chur air a' cheist.

"Nise, èist rium, Anna," thuirt mo mhàthair, a' tionndadh thugam agus a' toirt sùil gheur orm. "Tha seo cu-dromach. Bha Marguerite airson d' fhaicinn agus cha robh mi cinnteach am bu chòir dhomh do thoirt leam an-diugh, ach tha thu mòr gu leòr a-nis airson seo a thuigsinn agus tha mi a' cur earbsa annad gun a bhith ag ràdh càil ri d' athair no ri Frederick. Eil thu a' tuigsinn?"

Chrom mi mo cheann, ged nach robh mi ga tuigsinn idir .

"Dh'fhalbh Marguerite agus cha till i dhachaigh a-rithist. Tha i sàbhailte agus toilichte, mar a chunnaic thu an-diugh, agus tha cuideigin . . . tha daoine . . . tha càirdean aice a bhios a' coimhead às a dèidh. Cha bu chòir dhuinn a bhith iomagaineach mu a deidhinn. Ach cha bhiodh d' athair toilichte nan robh fios aige gun robh sinn air a faicinn. A bheil thu a' tuigsinn sin, Anna? Chan eil mi ag iarraidh ort breugan innse. Tha mi dìreach ag iarraidh ort a bhith sàmhach. An dèan thu sin?"

"Nì."

Bha sinn sàmhach airson greiseag.

"An e duine math a th' ann am m' athair?"

Thug mo mhàthair sùil orm. " 'S e, m' eudail," thuirt i. " 'S e duine math a th' ann. *Vraiment*." Agus bha fiamh-ghàire air a h-aodann, ach bha rudeigin air cùl a fiamh-ghàire a dh'fhàg teagamh nam inntinn.

Beag-fhaclair XII

tha mi a' cur earbsa annad   *I am relying on you*
gun a bhith ag ràdh càil ri d' athair   *not to say a word to your father*
fiamh-ghàire   *a smile*
teagamh nam inntinn   *a doubt in my mind*

Caibideil XIII

Anna's father hasn't the least suspicion about the secret meeting with Marguerite. It occurs to her that her mother might regularly meet Marguerite while Anna and her father are at the library, and this makes her wonder whether her father also has secret meetings he doesn't tell anyone about.

Bha e dorcha nuair a ràinig sinn an taigh. Bha m' athair sa chathair aige a' leughadh, agus cha do choimhead e suas bhon leabhar aige nuair a thàinig sinn a-steach. Bha Frederick air a bhith a' cluich ball-coise agus bha e air a ghlùin a ghearradh. Bha màthair caraid dha air a ghlùin a ghlanadh, ach bha fuil air a stocainn agus bha aig mo mhàthair ri a nighe. Chuir i na stocainnean aig Frederick ann an uisge fuar airson an fhuil fhaighinn aiste, agus an uair sin thòisich i air a' chòcaireachd. Cho luath 's a bha sinn air ar biadh ithe, thill i don obair-nigheadaireachd, stocainnean agus tòrr rudan eile, ged a bha e anmoch.

Bha feagal orm gun cuireadh m' athair ceistean orm mun latha a bh' againn agus mu bhith a' cèilidh air caraid mo mhàthair. Bha sinn air tilleadh as aonais aodach ùr dhomh, agus bha mi an dòchas nach robh m' athair air toirt an aire dhan seo.

Ach nuair a chuir e sìos a leabhar, b' ann mu dheidhinn obair-sgoile agus na rudan a bha mi a' leughadh a bha e airson bruidhinn. Dh'innis mi mu na sgeulachdan a bha mi a' leughadh, bho leabhar a fhuair mi às an leabharlann, mu na diathan agus na gaisgich a bh' aig na seann Ghrèigich agus mu na h-uilebheistean a bhiodh a' sabaid riutha.

B' e an leabharlann an t-aon àite dham biodh mi fhìn agus

m' athair a' dol còmhla. A h-uile Disathairne bhiomaid a'
dol ann leis na leabhraichean a bha air a bhith againn agus
bhiomaid a' taghadh feadhainn ùra. Bhiodh m' athair a'
faighinn leabhraichean air cuspairean anns nach robh mòr-
an ùidh agam – eachdraidhean-beatha, an eaconamaidh,
creideamhan air feadh an t-saoghail – ach b' fheàrr leamsa
sgeulachdan.

Nuair a bha mi fhìn agus m' athair aig an leabharlann,
bhiodh mo mhàthair anns na bùithtean. No, is dòcha – agus
b' e seo a' chiad uair a bha an smuain seo air tighinn a-
steach orm – gum b' ann an uair sin a bhiodh i a' coin-
neachadh ri Marguerite.

Bha fios agam nach e rud math a bh' ann gun robh rudan
mar seo dìomhair, ach bha mo mhàthair air a ràdh rium
gum biodh m' athair feargach nan innsinn dha gun robh
sinn air Marguerite fhaicinn. Mura robh fios aige dè bhiodh
mo mhàthair a' dèanamh nuair a bha e anns an leabharlann,
cha robh mise dol a dh'innse dha.

Cha robh fios agam dè bhiodh m' athair a' dèanamh tron
latha, nuair a bha mi fhìn agus Frederick san sgoil agus mo
mhàthair san fhactaraidh. Dh'fhaodadh e a bhith a' coin-
neachadh ri duine sam bith, gun fhiosta dhuinne.

Bhiodh e a' coinneachadh uaireannan ris na fireannaich
bhon t-seann dùthaich. Bha fios agam mu dheidhinn sin.
Thigeadh iad a chèilidh air bho àm gu àm, agus uaireannan
bhiodh esan a' dol a-mach a chèilidh orrasan, ach cha
bhiodh sinne a' dol còmhla ris. Bhiodh e a' bruidhinn
mu rudan dìomhair leis na daoine seo, shaoil mi. Mu rudan
co-cheangailte ris an teaghlach. Mun eucoir a rinn Freder-
ick, agus mu na rinn Marguerite . . . mas e eucoir a rinn ise
cuideachd.

Bhruidhinn sinn mu na gaisgich Ghrèigeach. Dh'innis mi
dha mu Heracles agus an obair a rinn e. Dusan rud a bh'
aige ri dhèanamh, agus bha mi a' feuchainn ri cuimhnea-
chadh orra. A bhith a' sabaid le leòmhann, a bhith a'
faighinn ùbhlan òir, a bhith a' glanadh sabhal . . . obair

air nach robh crìoch gus an tàinig Heracles an-àird le sgeama ùr airson an salchar a sguabadh a-mach.

Dh'èist m' athair rium agus dh'innis mi dha an sgeulachd air fad. Agus chuir mo mhàthair crìoch air an nigheadair-eachd.

★ ★ ★

Anna recalls how Marguerite's belongings came back into her possession through a chance meeting with Jennifer, whom Anna had not seen since Marguerite's funeral. Jennifer, the daughter of Marguerite's husband, found the suitcases when clearing her father's old house.

Gun sireadh, gun iarraidh. Is ann mar sin a fhuair mi an stuth a bh' aig Marguerite. Agus mura robh mi air tachairt ri Jennifer san taigh-bidhe ud, cha bhiodh e agam idir.

Airson mòmaid, cha do dh'aithnich mi a' chailleach a bha a' bruidhinn rium.

"Anna! Anna! Shaoil mi gur tusa a bh' ann. Nach fhada bhon uair sin."

An turas mu dheireadh a bha mi air Jennifer fhaicinn, bha sinn aig tìodhlaiceadh Marguerite. Is e Jennifer nighean an duine a phòs Marguerite. A' chiad bhean a bh' aige, màthair Jennifer agus dithis eile . . . Samuel a bh' aca air a' ghille, ach dè an t-ainm a bha air an nighinn eile? . . . fhuair i bàs ann an tubaist. Bha a' chlann nam ficheadan mar-thà nuair a phòs iad . . . cha b' e màthair air an son a bha e a' sireadh, agus cha bhiodh e air màthair dhaibh a lorg ann am Marguerite.

Cha robh mi riamh ro eòlach oirre, ach fhad 's a bha mi san taigh-bidhe sin a' gabhail lòn còmhla ri seann cho-obraiche, nochd Jennifer ri ar taobh, a' bruidhinn rium mar seann charaid, a' toirt dhomh a h-àireamh fòn fhèin agus ag iarraidh na h-àireamh agamsa.

Agus an ath latha chuir i fòn am ionnsaigh. Bha i air rudan a bh' aig Marguerite a' lorg aig an taigh. Cha robh i cinnteach dè dhèanadh i leotha. Bha i a' cur a gnothaichean ann an òrdugh, a' reic taigh mòr a h-athar, a' gluasad gu bungalo beag a bhiodh na b' fhasa dhi, 's i fhèin a' fàs aosta a-nis . . . uill, nach eil sinn uile a' fàs aosta a-nis? Agus nach robh e fortanach gun robh i air m' fhaicinn sa bhaile air an latha sin, oir b' urrainn dhi an stuth a thoirt dhòmhsa . . . do chuideigin a bha càirdeach do Mharguerite.

Beag-fhaclair XIII

obair-nigheadaireachd *laundry work*

as aonais without

nach robh m' athair air seo a thoirt an aire *that my father hadn't noticed this*

air tighinn a-steach orm *had occurred to me*

dìomhair *secret, confidential*

an salchar *the manure*

gun sireadh, gun iarraidh *unsought*

mòmaid *a moment*

seann cho-obraiche *a former colleague*

chuir i fòn am ionnsaigh *she phoned me*

a' cur a gnothaichean ann an òrdugh *putting her affairs in order*

cuideigin a bha càirdeach do Mharguerite *one of Marguerite's relatives*

Caibideil XIV

Anna's father becomes enthusiastic about her education when the librarian comments on her advanced reading skills, and he begins to coach her for the exam that will determine which secondary school she attends. If she does well, she might even go to university, unlike Frederick, who failed his exam and isn't motivated at school. Anna hasn't seen Marguerite for a long time, but she discovers that her mother is still meeting her and getting money from her.

B' e cuideigin san leabharlann a' chiad neach a chuir a' cheist air m' athair. Mu dheidhinn na h-àrd-sgoil agus na leabhraichean a bhiodh a dhith orm. Fhreagair m' athair gun robh mi fhathast sa bhun-sgoil agus gun robh còrr air bliadhna agam ri dhol fhathast, agus bha seo na iongnadh don duine san leabharlann. Bha esan a' smaoineachadh, a' coimhead air na leabhraichean a bha mi a' leughadh, gun robh mi na bu shine na sin.

Bha an còmhradh sin mar sradag. Às dèidh sin bhiodh m' athair a' leughadh còmhla rium cha mhòr a h-uile oidhche, ag obair air na cuspairean nach do chòrd rium . . . mata-mataig gu sònraichte . . . a bharrachd air na cuspairean anns an robh ùidh mhòr agam, mar eachdraidh agus litreachas. Bha deuchainn gu bhith ann airson a h-uile duine san sgoil, agus airson a h-uile duine san dùthaich, agus bhiodh co-dhùnadh mun àrd-sgoil a' crochadh air cho math 's a dhèanadh a h-uile sgoilear san deuchainn seo.

Cha robh Frederick air soirbheachadh san deuchainn aigesan. Bha esan a-nis aig àrd-sgoil àbhaisteach, nach robh a' còrdadh ris idir, ach bhiodh cothrom agamsa . . . nan dèanainn gu math san deuchainn . . . dhol gu àrd-sgoil nas fheàrr, agus fiù 's aon latha don oilthigh.

Bhiodh cuspairean eile rin ionnsachadh san àrd-sgoil. Laideann agus Frangais. Nuair a chuala mi seo, smaoinich mi air Marguerite. Nan robh ise fhathast a' fuireach còmhla rium, b' urrainn dhomh bruidhinn rithe ann am Frangais, mar a bha an duine sin anns an taigh-òsta. Ach cha tuirt mi smid. Cha bhiodh m' athair a' bruidhinn mu dheidhinn Marguerite aig àm sam bith. Cha robh e air a h-ainm a ràdh bhon latha a dh'fhalbh i.

Chan fhaca mi Marguerite a-rithist fad na bliadhna, ach tha mi a' smaoineachadh gun robh mo mhàthair ga faicinn bho àm gu àm. Aon latha nuair a thàinig duine chun an dorais air latha a' mhàil, dh'iarr i orm a dhol a choimhead airson a sporain, a bha ann am pòcaid a còta a' crochadh air cùl doras an t-seòmar-chadail. Nuair a chuir mi mo làmh sa phòcaid bha rudeigin eile ann fon sporan . . . pasgan beag tiugh de notaichean banca, air am pasgadh ri chèile mar a bha na notaichean a fhuair i bho Mharguerite san taigh-òsta.

Cha robh fios agam cia mheud not a bha sa phasgan. Cha robh tide agam an cunntadh agus cha d'fhuair mi cothrom eile coimhead ach bha mi cinnteach gun robh tòrr airgid ann. Barrachd airgid na bhiodh mo mhàthair a' faighinn airson obair san fhactaraidh, agus barrachd airgead na bha m' athair air a chosnadh fhad 's a bha mise beò.

Chaidh mi far an robh i leis an sporan agus cha tuirt mi càil mu dheidhinn, agus thug i an t-airgead-màil don duine aig an doras.

Beag-fhaclair XIV

na leabhraichean a bhiodh a dhith orm   *the books I would need*
mar sradag   *like a spark*
co-dhùnadh   *decision*

a' crochadh air   *dependent on*
cha robh Frederick air soirbheachadh   *Frederick hadn't passed*
bhiodh cothrom agamsa   *I would have the chance*
latha a' mhàil   *rent day*
a' crochadh   *hanging*
pasgan beag tiugh   *a thick little bundle*
air am pasgadh   *folded*
an t-airgead-màil   *rent money*

Caibideil XV

Anna passes the exam with ease and gets into the best school in the district. Her parents are very proud of her, and her father tells the men from the old country how her achievement will open doors for her. One of the men asks her what her favourite subject is. When she tells him it's history, he says that it's vital to understand history so that we don't repeat the mistakes of the past, but Anna knows next to nothing about her own family's history or about the old country.

Bha an deuchainn furasta. Cha robh mi a' tuigsinn carson nach do rinn Frederick math gu leòr anns an deuchainn aige fhèin. Ach is ann mar sin a bha Frederick. B' fheàrr leis a bhith a' cluich ball-coise agus a' ruith timcheall le a char-aidean na bhith a' leughadh.

Bhithinn a' dol don àrd-sgoil mhath a-nis, far am biodh na sgoilearan as fheàrr san sgìre a' dol, agus bha mo phàrantan gu math moiteil asam. Nuair a chaidh sinn don leabharlann air an Disathairne, bha m' athair a' bruid-hinn ris an luchd-obrach agus ag innse dhaibh cho math 's a rinn mi agus cho taingeil 's a bha e airson an leabharlainn, agus gun robh seo a' sealltainn nach robh e gu diofar cò às a bha thu, oir bha cothrom aig a h-uile duine san dùthaich seo a bhith soirbheachail nan robh iad deònach an oidhirp a dhèanamh.

Thuirt e an aon rud ris na fireannaich bhon t-seann dùthaich cuideachd. Thàinig mi dhachaigh nuair a bha iad a' cèilidh air, agus ged a bha mi airson a dhol dìreach don t-seòmar-chadail agam dh'iarr e orm tighinn a-steach far an robh iad nan suidhe a' gabhail teatha, agus thuirt e riutha, "Seo mo nighean, Anna. Tha ise a' dol don sgoil-ghràmair an ath bhliadhna. Rinn i uabhasach math san deuchainn aice agus tha seo dol a dh'fhosgladh dhorsan dhi san dùthaich seo."

Thuirt cuid de na fireannaich gun robh mi air obair glè mhath a dhèanamh. "Meal do naidheachd, m' eudail," arsa fear dhiubh. "Tha còir aig do phàrantan a bhith gu math moiteil asad. Dè an cuspair as fheàrr leat?"

"Eachdraidh," fhreagair mise.

"Ah, eachdraidh," thuirt an duine. "Is e cuspair gu math cudromach a th' ann an eachdraidh. Ma tha sinn eòlach air ar n-eachdraidh bidh fios againn mu na mearachdan a rinn daoine san àm a dh'fhalbh, agus cha dèan sinn an aon rud a-rithist. Nach eil sin fìor, a laochain?" Thug e sùil air m' athair leis a' cheist seo.

"Tha sin fìor," thuirt m' athair. "Tha sin cho fìor 's a ghabhas."

"Dèan thusa cinnteach, Anna," thuirt an duine, "gun ionnsaich thu mun eachdraidh agad fhèin, mu eachdraidh ar daoine 's na thachair san t-seann dùthaich."

"Agus tha sinn an dòchas," thuirt fear eile, "gun còrd an sgoil ùr riut."

"Tapadh leibh," arsa mise. Bha feagal air a bhith orm aig aon àm nuair a bhiodh na daoine seo a' tighinn don taigh, ach bha iad air a bhith coibhneil rium agus bha e coltach gun robh iad toilichte air mo shon.

"Siuthad a-nis, Anna," arsa m' athair. "Rach thusa agus cuidich do mhàthair. Sin thu fhèin."

Agus nuair a dhùin mi an doras chuala mi gun robh iad air tionndadh air ais gu cànan na seann dùthcha. Cha robh mi a' tuigsinn ach facal no dhà dheth, agus bha mo phàrantan daonnan air bruidhinn rinn, agus ri chèile, ann an cànan na dùthcha seo. Thàinig e a-steach orm airson a' chiad uair gum biodh e doirbh eachdraidh na seann dùthcha ionnsachadh mura robh an cànan agam. Cha robh fhios agam air dad mu dheidhinn, agus bha mi

cinnteach nach biodh m' athair toilichte – a dh'aindeoin na
thuirt an duine bhon t-seann dùthaich – nan innsinn dha
gun robh mi airson barrachd fhaighinn a-mach.

Beag-fhaclair XV

moiteil asam proud of me
nach robh e gu diofar that it didn't matter
cò às a bha thu where you were from
deònach an oidhirp a dhèanamh willing to make the effort
sgoil-ghràmair grammar school
a laochain my dear fellow

Caibideil XVI

Frederick leaves school, even though he's not legally old enough. When his parents find out and confront him, he retorts that by repairing cars he is at least earning a wage, which is more than his father seems capable of doing. An argument ensues and Frederick storms out.

Anna collects the suitcases from Jennifer at the house where Marguerite and her rich husband once lived.

Cho luath 's a thòisich mise san sgoil ùr, chuir Frederick a chùl ris an sgoil aige fhèin. Fon lagh bha còrr air bliadhna aige fhathast ri dhol, agus airson mìos no dhà cha robh fios aig mo phàrantan nach robh e a' dol innte. Bhiodh e a' fàgail an taighe a h-uile madainn agus a' tilleadh aig deireadh an latha, agus cha robh e a' ràdh càite an robh e a' dol.

Nuair a thàinig an litir bha e na iongnadh do mo phàrantan. Bha iad a' feitheamh air a shon nuair a thill e dhachaigh. Bha mise san t-seòmar agam a' dèanamh obair-dhachaigh – bha gu leòr ann a h-uile oidhche a-nis – agus cha deach mi troimhe don chidsin nuair a chuala mi na guthan aca. Ach chaidh mi chun an dorais agus dh'èist mi ris a' chòmhradh.

"Nach eil thu a' tuigsinn cho cudromach 's a tha e foghlam ceart fhaighinn?" Sin m' athair.

"Chan e foghlam ceart a bha sinn a' faighinn san sgoil ud co-dhiù. Cha robh ann ach call ùine. Cha robh e gu feum sam bith."

"Ach, a ghraidh," thuirt mo mhàthair ris, "càit a bheil thu air a bhith fad an latha mura robh thu anns an sgoil?"

"Bha mi ag obair," arsa Frederick.

"Ag obair?" M' athair a-rithist. "Cò tha dol a thoirt obair dhut? Chan eil annad ach pàiste."

"Tha mi air a bhith ag obair ann an garaids, ag obair air na càraichean. Gan càradh."

Bha mo phàrantan sàmhach.

"Agus tha mi math air. Is dòcha nach eil mi math air obair-sgoile ach tha mi math air an obair seo agus tha e a' còrdadh rium."

Bha iad fhathast sàmhach.

"Agus tha mi a' cosnadh," arsa Frederick. "Tha mi ag obair agus a' faighinn tuarastal . . . rud nach do rinn sibhse san dùthaich seo."

"Na bruidhinn ri d' athair mar sin!" Bha guth mo mhàthair àrd agus làn feagail.

"Bruidhnidh mi ris ann an dòigh sam bith a thogras mi," arsa Frederick, agus dh'fhàg e an cidsin, a' fosgladh an dorais agus a' coiseachd seachad orm. Thàinig mo mhàthair às a dhèidh, a-steach don t-seòmar-chadail. Thàinig mise às an dèidh ach dh'iarr i orm falbh.

Chaidh mi don chidsin, far an robh m' athair na shuidhe aig a' bhòrd, a cheann na làmhan. Bha dùil agam gum biodh e feargach, ach nuair a thog e a cheann chunnaic mi gun robh deòir na shùilean.

"Chan eil e ach ceithir bliadhna deug a dh'aois," arsa m' athair. "Chan eil do bhràthair ach ceithir bliadhna deug a dh'aois. Chan eil e glic, chan eil e modhail agus cha robh e riamh comasach air obair-sgoile. Ach tha obair aigesan agus chan eil agamsa."

"Ach, athair," thuirt mi, "Sibh fhèin a thuirt gun robh e duilich airson duine bhon t-seann dùth . . ."

"Mas urrainn do bhalach òg sin a dhèanamh, carson nach do rinn mis' e?" Thug e sùil orm. "Carson nach do rinn mise sin, Anna?"

Agus cha robh freagairt agam dha.

* * *

*Chaidh mi a chèilidh air Jennifer, airson màileidean Marguer-
ite a thogail. Bha an taigh air a sgeadachadh as ùr bhon turas
mu dheireadh a bha mi ann, agus chuimhnich mi gur e sin an
obair a bha air a bhith aig Jennifer, a bhith a' sgeadachadh
taighean nan daoine uasal san fhasan as ùire. Agus aon uair 's
nach robh a h-athair no Marguerite fhathast beò bha cothrom
aice an aon obair a dhèanamh air taigh an teaghlaich. A-mach
leis na dathan dorcha agus an t-seann àirneis agus a-steach leis
na dathan soilleir. Bha e a' coimhead math.*

*Bha airgead san teaghlach. Bha a h-athair beairteach, an
duine a phòs Marguerite.*

*Cha tuirt sinn mòran mu dheidhinn Marguerite fhad 's a bha
mi ann. Cha robh mòran ri ràdh. Chuir mi ceistean modhail air
Jennifer mu a teaghlach agus a slàinte, agus dh'fhaighnich ise
dhìom dè bha mi a' dèanamh sna làithean seo 's mi air mo
dhreuchd a leigeil dhìom. Còmhradh eadar dà chailleach. Bha
fios aig an dithis againn nuair a dhealaich sinn nach biomaid a'
faicinn a chèile a-rithist.*

Beag-fhaclair XVI

chuir Frederick a chùl ris an sgoil   *he turned his back on school*
bha e na iongnadh do mo phàrantan   *it came as a surprise to my
    parents*
call ùine   *waste of time*
cha robh e gu feum sam bith   *it was useless*
gan càradh   *repairing them*
tha mi a' cosnadh   *I'm earning money*
tuarastal   *wages*
air a sgeadachadh   *decorated*

Caibideil XVII

Frederick comes home only to pack his things and take his leave of his mother, but he ignores his father. Anna notices her mother slipping money into Frederick's pocket and wonders how he will manage to make his way in the world, remembering their father's warning that it would be harder for them because they are immigrants. Anna's father goes out to meet one of the men from the old country, and she ponders the fate of the family.

Dh'fhalbh Frederick mar a dh'fhalbh Marguerite. An latha às dèidh don litir tighinn bhon sgoil thàinig Frederick air ais don taigh le màileid fhalamh. Chuir e a chuid aodaich na broinn, thug e do mo mhàthair airgead airson biadh agus màl san dà mhìos a bha e air a bhith a' cosnadh, agus dh'fhalbh e. Cha do bhruidhinn e idir ri m' athair, a bha na shuidhe san oisean fad an t-siubhail.

Cha robh fios agam dè bu chòir dhomh a dhèanamh. Cha robh mi fiù 's cinnteach ciamar a bha mi a' faireachdainn mu dheidhinn seo. B' e Frederick mo bhràthair ach cha robh dàimh dlùth eadarainn. Cha robh càil anns an robh ùidh aig an dithis againn. Cha robh mòran againn airson bruidhinn mu dheidhinn agus cha bhiodh sinn tric a' còmhradh ri chèile. Nuair a bha e na b' òige bha e air còrdadh ris a bhith a' cur dragh orm, a' tarraing air m' fhalt no a' toirt breab dhomh fon bhòrd, ach aig aois ceithir bliadhna deug a dh'aois cha robh ùidh sam bith aige annam.

Bha e a' cosnadh. Ag obair ann an garaids. B' e duine a bh' ann a-nis. Duine a bha a' feuchainn ri slighe a lorg dha fhèin san dùthaich seo.

Chuir mo mhàthair a gàirdeanan timcheall air, agus

chunnaic mi rud nach fhaca m' athair – gun do chuir i pasgan de notaichean banca ann am pòcaid a sheacaid mus do dh'fhalbh e.

Bha dùil agam gum biodh na fireannaich bhon t-seann dùthaich a' tighinn a chèilidh oirnn agus gum biodh còmhradh dìomhair ga chumail mu na rinn Frederick agus dè ghabhadh dèanamh mu dheidhinn, ach cha do thachair sin. Cha tàinig ach aon duine, an duine a bhruidhinn rium nuair a fhuair mi tron deuchainn. Chaidh e fhèin agus m' athair a-mach a choiseachd agus bha iad a-muigh fad an fheasgair.

Cha do thill m' athair aig àm dìnneir. A' chiad turas riamh nach robh e ann. Cha robh ann ach mi fhìn agus mo mhàthair a' gabhail suipeir còmhla air an oidhche sin, agus shaoil mi gun robh seo a' toirt cothrom dhomh faighneachd dhith dè bha a' dol a thachairt.

Agus chan e a-mhàin dè bha a' dol a thachairt – dhòmhsa, do mo bhràthair agus dhuinne mar theaghlach – ach dè bha air tachairt cuideachd. Dè rinn Marguerite a dh'fhàg m' athair cho feargach 's gun do dh'fhalbh i? Agus dè bha air a bhith ceàrr air m' athair a bha air a dhèanamh cho duilich dha obair a lorg san dùthaich seo?

Agus a' dol air ais nas fhaide na sin, bha mi airson faighneachd dhith dè bh' ann a bha cho cunnartach san t-seann dùthaich 's gun robh againn ri teicheadh. Cha robh duine aca riamh air an sgeulachd innse dhomh, ach bha e air cùl a h-uile rud nar beatha, air cùl a h-uile rud a bha air a dhol ceàrr agus bha mi aosta gu leòr a-nis airson sin fhaicinn. Bha ar beatha air a bhith cruaidh gu leòr an seo, le mo mhàthair ag obair gun sgur agus m' athair gun obair idir. Agus bha rabhadh m' athar air cùl m' inntinn anns a h-uile rud a rinn mi, agus fios agam gum feumainn a bhith na b' fheàrr na duine sam bith eile, gum feumainn na cothroman a bhiodh ann dhomh san dùthaich seo a chosnadh.

Nan robh ar beatha san dùthaich seo cho doirbh, ciamar a

bha cùisean air a bhith san t-seann dùthaich? Am b' urrainn
do dh'àite sam bith a bhith na bu mhiosa na seo?

Ach ged a bha an cothrom agam, cha b' e siud an t-àm
airson nan ceistean sin. Bha mo mhàthair dìreach air a mac
a chall. Cha robh e marbh. Cha robh e fada air falbh. Ach
cha robh dùil agam gun tilleadh e don taigh a-rithist.

Dh'ith sinn ar biadh gu sàmhach.

Beag-fhaclair XVII

an latha às dèidh don litir tighinn　　*the day after the letter came*
a chuid aodaich　　*his clothes*
na broinn　　*inside it*
fad an t-siubhail　　*all the time*
cha robh mi fiù 's cinnteach　　*I wasn't even sure*
dàimh dlùth　　*a close relationship*
a' cur dragh orm　　*bothering me*
còmhradh dìomhair　　*mysterious conversation*
dè ghabhadh dèanamh mu dheidhinn　　*what could be done about it*
gun robh againn ri teicheadh　　*that we had to run away*
rabhadh m' athar　　*my father's warning*
gum feumainn na cothroman a chosnadh　　*I would have to earn the
　opportunities*

Caibideil XVIII

Anna's father gets a job in a bookshop. He seems happy, but her mother considers such work unsuitable for a man who was a great scholar in the old country. Anna can hardly believe that her mother has been content to work at menial jobs while her husband held out for a position befitting his high status, but her mother upbraids her and reminds her that none of them would have got out of the old country if it hadn't been for him.

Fhuair m' athair obair. Bha e doirbh a chreidsinn, ach fhuair e obair ann am bùth leabhraichean. Goirid às dèidh do mo bhràthair fàgail, thuirt m' athair gun robh caraid dha – an duine leis an deach e a-mach air an latha a dh'fhalbh Frederick – air obair a thoirt dha agus gum biodh e a' tòiseachadh gun dàil.

"Mu dheireadh thall," thuirt e, "tha obair gu bhith agam. Anna, m' eudail, faodaidh tusa tighinn don bhùth agus chì thu càit a bheil d' athair ag obair. Tha e làn leabhraichean, dìreach mar an leabharlann, agus tha fios agam gun còrd e riut."

Ach chaidh mìosan seachad mus deach mi ann. A h-uile madainn bhiodh an triùir againn a' fàgail an taighe – mo mhàthair don fhactaraidh, m' athair don bhùth agus mise don sgoil – agus a h-uile oidhche bhiodh m' athair ag innse dhuinn mu na daoine a bha air tighinn a-steach agus dè cheannaich iad agus dè thuirt iad ris. Bha e toilichte, ach cha robh mi cinnteach mu dheidhinn mo mhàthar.

Chuir mi a' cheist oirre nuair a bha sinn a' nighe nan soithichean.

"Nan robh obair sam bith gu bhith aige," fhreagair i, "is e

deagh obair a th' ann dha, obair mar sin. 'S e sgoilear a th' ann, Anna. Mar a tha annad-sa. Feumaidh e a bhith am measg leabhraichean agus am measg daoine a nì còmhradh ris air na cuspairean a tha a' còrdadh ris. Agus mas e obair ann am bùth leabhraichean an rud as fhaisg air obair sgoilearachd a gheibh e san dùthaich seo, nì sin a' chùis. Cha bhiodh e toilichte nan robh e ag obair ann am factaraidh."

"Ach tha sibhse ag obair ann am factaraidh," arsa mise.

"Cha bhiodh sin ceart dhasan, ge-tà. Chan eil e gu diofar dè an obair a nì mise. Nì mi obair sam bith a chuireas biadh air a' bhòrd, ach chan iarrainn air d' athair sin a dhèanamh."

"Ach carson nach . . ." Cha d'fhuair mi cothrom crìoch a chur air a' cheist.

"Cuimhnich, Anna," thuirt mo mhàthair, "gur e d' athair a thug oirnn an t-seann dùthaich fhàgail. B' esan a chuir a h-uile rud air dòigh dhuinn, agus a dh'aindeoin gach cunnart a bha romhainn ràinig sinn an dùthaich seo. Mura robh sinn air an dùthaich fhàgail nuair a dh'fhàg sinn, tha mi a' creidsinn nach bithinn beò an-diugh. No thu fhèin, a bha cho òg aig an àm. No Frederick, no Marguerite. Tha sinn uile na chomain. Cuimhnich air sin, Anna. Is e duine math a th' ann agus is e rud math a rinn e dhuinn."

Bha iomadh ceist air mo theanga, ach bha mo mhàthair air crìoch a chur air a' chòmhradh. Bha obair-sgoile agam ri dhèanamh agus bha e anmoch mar-thà. Chunnaic mi nach robh mi a' dol a dh'fhaighinn cothrom mo cheistean a chur oirre a-nochd.

Beag-fhaclair XVIII

doirbh a chreidsinn hard to believe
a' tòiseachadh gun dàil starting immediately
mu dheireadh thall at long last
cha d'fhuair mi cothrom I didn't get a chance
na chomain indebted to him

Caibideil XIX

Her father's employment gives her mother more opportunities to visit Marguerite, and twice Anna goes with her, still under instruction to keep the visits a secret. On her twelfth birthday, Anna's present from Marguerite is a trip to the opera, where she meets Marguerite's gentleman friend, Arthur. The opera is about a courtesan who falls in love with a man whose family oppose their marriage. Anna loves the opera and now understands how much Marguerite misses her former career.

Aon uair 's gun do thòisich m' athair ag obair, bha e na b' fhasa do mo mhàthair a dhol a chèilidh air Marguerite, agus dà thuras chaidh mi còmhla rithe. Cha robh cead agam innse do m' athair gun robh sinn air a faicinn, agus ged a bha mi a' faireachdainn ciontach nach robh mi ag innse na fìrinn dha, aig an aon àm bha mi ag ionndrainn Marguerite agus cha robh mi airson càil a dhèanamh a chuireadh stad air na cothroman a bhith ga faicinn. Cha robh mi ag iarraidh gum biodh easaonta eadar m' athair agus mo mhàthair, agus bha mi a' faicinn nach robh m' athair amharasach idir.

Choinnich sinn ri Marguerite ann an taigh-òsta spaideil eile, agus an uair sin aig taigh-bidhe ann am meadhan a' bhaile. Gach turas, thug i airgead dhuinn – buinn dhomhsa agus notaichean do mo mhàthair. Bha i tana, agus a rèir mo mhàthar bha i a' coimhead sgìth, ach bha a cuid aodaich brèagha agus shaoil mise gun robh a h-aodann cho maiseach 's a bha e riamh air a bhith.

Aig deireadh na dàrna bliadhna agam san sgoil-ghràmair, thuirt mo mhàthair rium gun robh rud sònraichte gu bhith agam airson mo cho-la-breith, a bha fhathast mìos air falbh.

Bha Marguerite air tiogaidean a cheannach airson an opera – matinee a bh' ann – agus bha i air iarraidh ormsa agus air mo mhàthair a dhol ann còmhla rithe.

Bha mo mhàthair gu bhith ag obair san fhactaraidh air an latha sin, ge-tà, ach thuirt i riumsa gum faodainn-se a dhol a choinneachadh ri Marguerite leam fhìn, agus thug i dhomh airgead airson a' bhus agus fiosrachadh mun t-slighe ann.

Bha Marguerite a' feitheamh rium aig an taigh-opera, agus bha fireannach còmhla rithe. Bha e àrd is caol, le falt dubh agus speuclairean air, agus bha a bhrògan gleansach. Thuirt Marguerite rium gur e Arthur an t-ainm a bha air, agus gun robh e na charaid dhi. Bha ceist orm an e seo an duine math air an robh i a-mach, ach cha robh mi airson faighneachd dhi air eagal 's nach b' e.

Shuidh mise ri taobh Marguerite agus bha Arthur air an taobh eile. Chuir Marguerite a làmh ann an làimh Arthur agus thog esan an dà làimh còmhla gus an robh iad nan laighe air a ghlùin. Ach nuair a thoisich an opera cha do smaoinich mi tuilleadh mu làmhan Marguerite agus Arthur, oir bha mi air mo bheò-ghlacadh leis na chunnaic mi air an àrd-ùrlar.

Bha an opera mìorbhailteach, na b' fheàrr na na sgeulachdan a dh'innis Marguerite dhomh nuair a bha mi sa bhun-sgoil, agus na b' fheàrr na an ceòl air an rèidio. Aig cridhe na sgeulachd bha boireannach brèagha air an robh Violetta, a bha a' dèanamh a beò-shlàint' à bhith a' falbh le diofar dhaoine mar bhràmar – cha robh facal agam airson seo aig an àm – agus aig toiseach an opera bha iad uile ag òl agus a' seinn aig partaidh. Agus thachair Violetta ri duine sònraichte, Alfredo, air an robh gaol aice na bu mhotha na an fheadhainn eile, ach ged a bha gaol aigesan oirre-se cha robh a theaghlach ag iarraidh gum pòsadh e i. Agus aig a' cheann thall, dh'fhàs Violetta tinn agus a dh'aindeoin cho mòr 's a bha gaol Alfredo air a son cha gabhadh càil a dhèanamh airson a toirt air ais gu slàinte agus fhuair i bàs leis a' chaitheamh.

Nuair a bha iad ullamh thàinig na seinneadairean air ais air an àrd-ùrlar agus bha a h-uile duine san taigh a' bualadh am basan. Bha deòir ann an sùilean Marguerite, agus na mo shùilean-sa cuideachd. Cha robh mi riamh air seinn cho àlainn a chluinntinn, agus thuig mi airson a' chiad uair carson a bha Marguerite ag ionndrainn an taigh-opera cho mòr. An ann mar sin a bha Marguerite a' seinn san àm a dh'fhalbh? Cha robh i slàn gu leòr airson a bhith a' seinn mar sin a-nis, agus cha robh mi riamh air a cluinntinn.

Cheannaich Arthur reòiteag dhomh agus dh'fhaighnich e dhìom an robh an opera air còrdadh rium. Thuirt mi gun robh agus thug mi taing do Mharguerite, oir b' e tiodhlaic mo cho-la-breith a bh' ann. Ach cha robh tide gu leòr agam airson faighneachd do Mharguerite mu na h-operathan san robh i fhèin air seinn na h-òige, oir bha agam ri tilleadh air a' bhus.

Thug Marguerite pòg dhomh agus thuirt i, "Tha thu a' faicinn a-nis, *ma petite*, nach eil? Tha thu a' tuigsinn a' chumhachd a tha sa cheòl, *n' est-ce pas*?"

Agus dh'fhalbh iad is greim aca air làmhan a chèile.

Beag-fhaclair XIX

aon uair 's gun do thòisich m' athair ag obair   *when my father had started working*
cha robh cead agam   *I wasn't allowed to*
ciontach   *guilty*
easaonta   *disagreement*
amharasach   *suspicious*
a cuid aodaich   *her clothes*
air mo bheò-ghlacadh   *captivated by*
mar bhràmar   *as a lover*
fhuair i bàs leis a' chaitheamh   *she died of consumption*
a' bualadh am basan   *clapping*

Caibideil XX

Frederick approaches Anna on her way home, wanting to speak to their mother but anxious to avoid their father. Anna lets him into the house, but he won't tell her what's happening. When their mother arrives home, Fred falls on his knees and begs her for forgiveness.

Aon latha . . . bha mi mu thrì bliadhna deug a dh'aois a-nis . . . bha mi air an t-slighe dhachaigh bhon sgoil agus a' coiseachd seachad air doras bùtha aig ceann na sràid againn nuair a chuala mi cuideigin ag ràdh, "Pssst!" Thionndaidh mi agus chunnaic mi mo bhràthair Frederick na sheasamh dìreach an taobh a-staigh an dorais.

"Fred?" arsa mise, "An tus' a th' ann?"

Bha e follaiseach gur e Fred a bh' ann, ach bha a choltas air atharrachadh. Bha e na b' àirde, bha stais air agus bha fhalt air a chìreadh air ais agus gleansach le ola.

"'S mi," fhreagair e. "Tha thu ceart gu leòr, nach eil, Anna?"

"Tha. Ach dè tha thu a' dèanamh an seo?"

"Tha mi ag iarraidh facal air Mam. Cuin a bhios i air ais? Agus cuin a bhios esan air ais?"

"Diciadain a th' ann an-diugh. Bidh esan a-muigh rud beag nas anmoiche. Bidh e fhèin agus Mgr Ba . . ." Cha d' fhuair mi cothrom crìoch a chur air mo fhreagairt, oir bha Fred a' bruidhinn a-rithist.

"Glan! Ma bhios ise air ais an toiseach gheibh mi cothrom oirre fhad 's a tha e fhèin ri . . . dè thuirt thu?"

Fhreagair mi ged a bha e follaiseach nach robh Fred ag

èisteachd rium. "Bidh e fhèin agus na daoine bhon bhùth a' dol gu . . ."

"Seadh, seadh. Tha sin math dha-rìribh. Tha iuchair agad, nach eil? Thig mi a-steach còmhla riut."

Choisich sinn don doras againn, dà cheud slat no mar sin, agus bha Fred a' coimhead timcheall air fad an t-siubhail. A' coimhead iomagaineach. Ciontach. Bha rudeigin ceàrr, ach cha b' urrainn dhomh tomhas dè bh' ann.

Nuair a chaidh sinn a-steach, rinn mi cupan teatha dha agus shuidh Fred aig a' bhòrd. Dh'fhaighnich e dhìom dhà no trì thursan cuin a bhiodh ar màthair a' tilleadh, agus aon turas dh'fhaighnich e dhìom an robh mi cinnteach nach tilleadh ar n-athair mus tigeadh i. Ged a chuir mi fhìn ceist no dhà airsan cha d' fhuair mi mòran às – dìreach "seadh" agus "ceart" agus "innsidh mi dhut nuair a thig Mam".

Agus mu dheireadh thall thàinig i. Bha mi air tòiseachadh air a' bhuntàta, gus am biodh rudeigin agam ri dhèanamh fhad 's a bha mo bhràthair na shuidhe an sin aig a' bhòrd, a' breabadh a shàilean air casan na cathair agus a' cluich leis na sgillinnean na phòcaid.

Nuair a thàinig i a-steach, a' cur dhith a còta agus a brèid, is e a' chiad rud a thuirt i, "Anna, m' eudail, nach tu tha math dhomh, 's tu air tòiseachadh mar-thà air a' bhunt . . ." Agus an uair sin chunnaic i Frederick.

Stad i far an robh i, a còta na làimh, a' coimhead air Frederick. Choimhid esan oirrese.

"Tha mi duilich," arsa Fred, ag èirigh agus a' dol ga h-ionnsaigh. Agus an uair sin chaidh e sìos air a ghlùinean agus chuir e a ghàirdeanan timcheall air a casan, aodann na sgiorta agus a bhodhaig gu lèir air chrith.

Beag-fhaclair XX

dìreach an taobh a-staigh an dorais   *just inside the door*
bha a choltas air atharrachadh   *his appearance had changed*

bha stais air   *he had a moustache*
iomagaineach   *nervous*
ciontach   *guilty*
a bhodhaig gu lèir air chrith   *his whole body shaking*

Caibideil XXI

Anna is dying to hear what has happened to Frederick, but her mother sends her downstairs to look out for her father and distract him should he return. Eventually, mother and son emerge from the house and hurry off together. When her father comes home, Anna has to pretend that all is as normal, but late at night she hears her mother crying in the kitchen.

"Dè thachair?" dh'fhaighnich mo mhàthair. "Dè idir a tha air tachairt?"

Cha tuirt mo bhràthair càil, ach rinn e osna mhòr uabhasach.

Bha mise nam sheasamh an sin, sgian na mo làimh agus mo bheul fosgailte, mo làmhan salach leis a' bhuntàta.

Thug mo mhàthair sùil orm. "Thusa, Anna," thuirt i, "A-mach leat don doras agus ma chì thu d' athair a' tilleadh can ris gu bheil thu dìreach air do shlighe a-mach airson rudeigin . . . aran, bainne, rud sam bith . . . agus iarr air a dhol còmhla riut. Ge 'r bith dè nì thu, na leig leis tighinn a-steach. Eil thu gam thuigsinn?"

Dh'fhalbh mi. Dh'fhuirich mi aig an doras airson leth uair a thìde ach cha do thill m' athair. Bha mi ag iarraidh a bhith a-staigh, sa chiad dol a-mach a chionn 's gun robh e cho fuar agus bha mi air tighinn a-mach as aonais còta. Ach na bu chudromaiche na sin a chionn 's gun robh mi airson an còmhradh eadar Frederick agus mo mhàthair a chluinntinn.

Mu dheireadh thall thàinig an dithis aca a-mach. Bha sròn mo bhràthar dearg agus coltas air gun robh e air a bhith a' gàl. Bha mo mhàthair a' cur oirre a brèid agus a' tarraing crios a còta timcheall oirre gu teann.

"Glè mhath, Anna. Cha bhi mi ach còig mionaidean," thuirt i. "Siuthad. Tha e fuar agus chan eil còta ort."

Dh'fhalbh i fhèin agus Frederick an uair sin ann an cabhaig agus chaidh mise a-steach. Lìon mi pana le uisge agus chaidh mi air ais do dh'obair ullachaidh a' bhuntàta. Cha robh ach mionaid no dhà air dol seachad nuair a thill m' athair, agus bha e ann an deagh shunnd.

"Sin thu fhèin, m' eudail," thuirt e. "Tha mi 'n dòchas gun robh deagh latha agad. Nach eil do mhàthair air tilleadh fhathast?"

"Chan eil fhathast," arsa mise. Bha blas salach air na facail nam bheul.

"Uill, innsidh mi dhut dè thachair anns a' bhùth an-diugh. Còrdaidh seo riut, Anna. Thàinig an duine a bha seo a-steach, agus chan fhaca mi riamh fear le feusag cho fada 's a bha air an fhear seo, agus thuirt e gun robh e a' lorg . . . fuirich gus an cluinn thu seo, Anna . . . bha e a' lorg leabhar mu dheidhinn gruagaireachd. Agus feusag mhòr air! Uill, cha robh mi cinnteach an robh leabhar de leithid sin againn, agus chaidh mi a dh'fhaighneachd do Mhgr . . ."

Agus ann am meadhan a sgeulachd thill mo mhàthair. Thug i sùil gheur orm, agus ged nach tuirt i na facail, chunnaic mi "Na can guth!" na sùilean.

Rinn m' athair agus mo mhàthair còmhradh mun latha a bh' aca, facal no dhà mun obair aicese agus sgeulachdan a bharrachd mun obair aigesan, agus dh'ith sinn ar dìnnear còmhla ri chèile mar nach robh rud sam bith ceàrr.

Bha mi gu sgàineadh leis na ceistean a bh' agam mu dheidhinn mo bhràthar. Dè bha air tachairt do Fhred? Agus càit an robh e a-nis? Agus ciamar a b' urrainn do mo mhàthair am fiosrachadh seo a chumail aice fhèin?

Dhùisg mi anmoch air an oidhche sin. Chuala mi fuaim sa chidsin agus dh'èirich mi agus chaidh mi chun an dorais, nach robh buileach dùinte. Bha mo mhàthair na suidhe aig a' bhòrd, plaide timcheall oirre 's i a' rànaich. Bha mi airson a dhol far an robh i ach bha

feagal orm gun dùsgadh sin m' athair. Chaidh mi air ais
don leabaidh.

★ ★ ★

*As she prepares to open the jewellery box, Anna reflects on how
families grow apart. Fred never came to Marguerite's funeral.
There was no reason for Anna and Fred to see each other again
once their mother was dead. How ironic that the sickly Mar-
guerite should have outlived her sister.*

Bha Jennifer air a bhith aig tìodhlaiceadh Marguerite, ach
cha robh a bràthair no a piuthar. Agus fhuair mi cairt bhuaipe
aig àm na Nollaig airson bliadhna no dhà às dèidh sin, ach cha
robh adhbhar againn a bhith a' conaltradh ri chèile. Mura robh
mi air coinneachadh rithe mar sin san taigh-bidhe cha bhithinn
air smaoineachadh mu a deidhinn a-rithist.

'S ann mar sin a tha teaghlaichean. Tha daoine a' falbh agus
a' sgapadh. Bidh fios aca dè tha am bràithrean 's am pea-
thraichean a' dèanamh, ach cha bhi iad gam faicinn tric. Agus
cha bhi iad a' tighinn ri chèile a-rithist ach aig tìodhlaicidhean.

Cha tàinig Fred gu tìodhlaiceadh Marguerite. Cha robh dùil
agam gun tigeadh. Às dèidh do ar màthair caochladh cha robh
adhbhar againn a bhith a' faicinn a chèile tuilleadh. Bha beatha
aigesan agus bha mo bheatha fhèin agamsa. Agus ged a
bhuineadh sinn don aon teaghlach cha robh mòran ann airson
ar cumail còmhla.

Is e stuth Marguerite agus a bhith a' tachairt ri Jennifer mar
sin a tha a' toirt orm smaoineachadh air a tìodhlaiceadh, agus
air tìodhlaicidhean mo phàrantan. Ged a bha i cho tinn . . .
agus chaidh innse dhuinn gun robh i uabhasach tinn, cho tinn 's
nach b' urrainn dhi obair sam bith a dhèanamh . . . bha
Marguerite beò nas fhaide na m' athair is mo mhàthair. Agus
rinn i beatha glè mhath dhi fhèin cuideachd.

Seo an iuchair bheag òir. Dè chanadh Marguerite nan robh
fios aice gun robh mi a' fosgladh a bogsa?

Beag-fhaclair XXI

osna mhòr　　*a big sigh*
brèid　　*headscarf*
crios a còta　　*her coat belt*
blas salach air　　*an unpleasant taste*
gruagaireachd　　*hairdressing*
sùil gheur　　*a sharp look*
bha mi gu sgàineadh　　*I was dying (to know)*
conaltradh　　*communicating*
tiodhlaicidhean　　*funerals*
bhuineadh sinn don aon teaghlach　　*we belonged to the same family*

Caibideil XXII

Marguerite and Arthur invite the whole family to their wedding,
even Anna's father, who becomes enraged by the unexpected news
and by the fact that Marguerite intends to marry a "foreigner" from
the new country. Anna's mother calms him down and he apol-
ogises for his intemperate reaction, explaining that thoughts of the
old country have been weighing on him.

Bha Marguerite agus Arthur dol a phòsadh. Sgrìobh i
thugainn leis an naidheachd, ag iarraidh oirnn uile a dhol
ann. Fiù 's m' athair.

Bha an litir na laighe air cùl an dorais sa mhadainn, agus
bha an dà ainm sgrìobhte air a' chèis – m' athair agus mo
mhàthair. Agus air an fhiathachadh fhèin bha "Anna agus
Fred" cuideachd.

Chuir e iongnadh mòr orm gun sgrìobhadh Marguerite
thugainn cho fosgailte. Chuir agus air m' athair, a dh'fhàs
fiadhaich.

"Dè idir a bha na h-inntinn nuair a chuir i seo thugainn?"
dh'fhaighnich e. "Chan eil sinn air a faicinn fad sia bliadh-
na, no air càil a chluinntinn bhuaipe, agus a-nis tha i a'
sgrìobhadh thugainn le naidheachd mar seo."

"Ach is e naidheachd mhòr a th' ann ma tha i a' pòsadh,"
arsa mo mhàthair.

"Ma tha i a' pòsadh," fhreagair esan, "Ma tha i air duine
a lorg a tha deònach a pòsadh. Cò an duine seo – dè an
t-ainm a th' air? – Arthur? Cò e? An aithne dhuinn e?"
Thug e sùil orm fhìn is air mo mhàthair. Cha tuirt sinne
smid.

"Chan aithne," thuirt m' athair, a' freagairt na ceist.

"Chan ann de ar cuideachd a tha e. Chan ann às ar dùthaich a tha e. Carson a tha i a' dol a phòsadh coigreach às an dùthaich ùir?"

"Tha sinn air a bhith san dùthaich seo airson còig bliadhna deug," arsa mo mhàthair, a' toirt air m' athair suidhe sìos aig a' bhòrd. "Chan e coigrich a tha sna daoine seo tuilleadh. 'S iad ar nàbaidhean agus ar càirdean. Chan eil e na iongnadh ma tha Marguerite air coinneachadh ri duine. Duine gasta a bhios a' coimhead às a dèidh. Nach e sin a bha sinn ag iarraidh nuair a thàinig sinn an seo – beatha nas fheàrr dhuinn uile san dùthaich ùir?"

Chrom m' athair a cheann. "Tha thu ceart," thuirt e. "Tha sinn san dùthaich ùir a-nis agus tha na daoine an seo air a bhith math dhuinn. Nuair a phòsas Anna, is e duine às an dùthaich seo a phòsas i. Chan aithne dhut càil eile, Anna. Cha bhi cuimhne agad air an t-seann dùthaich."

Dh'iarr mo mhàthair orm copan teatha eile a thoirt do m' athair. Bha an dithis aca nan suidhe aig a' bhòrd, an litir bho Mharguerite eatarra. Bhruidhinn m' athair a-rithist.

"Tha mi duilich, Anna, gun do dh'fhàs mi cho fiadhaich mu naidheachd Marguerite," arsa e. "Tha an t-seann dùthaich gu mòr air m' aire. Chan eil aon latha a tha a' dol seachad nuair nach eil e nam inntinn, na bh' againn an sin agus na thachair dhuinn."

"Tha sibhse air oidhirp nas fheàrr a dhèanamh na rinn mise," thuirt e rinn, a' coimhead air mo mhàthair agus an uair sin ormsa. "Tha Marguerite a' dèanamh beatha ùr dhi fhèin, i fhèin agus Arnold . . ."

"Arthur," arsa mise.

"I fhèin agus Arthur. Agus tha thusa, mo bhean, air a bhith ag obair gun sgur bhon chiad latha a thàinig sinn. Obair chruaidh. Obair nach bu chòir dhut . . ."

Chuir mo mhàthair an dàrna làmh air a ghualainn agus an làmh eile air làmhan m' athar air a' bhòrd. "Ssshh!" thuirt i, ach lean m' athair air.

"Agus thusa, Anna. Tha beatha mhath gu bhith agad.

Thèid thusa don oilthigh agus bidh obair shònraichte agad, a' teagasg, a' sgrìobhadh, ag obair le d' eanchainn mar sgoilear. Chan eil càil nach urrainn dhut dèanamh, agus chan eil e gu diofar càite an d' rugadh tu. Cuimhnich thusa air sin. Agus Frederick. Fiù 's Frederick. Tha obair aige a tha a' còrdadh ris."

"Ach tha . . ." cho luath 's a bha mi air mo bheul fhosgladh, chunnaic mi cho geur 's a bha mo mhàthair a' coimhead orm. Dh'atharraich mi na bha mi a' dol a ràdh. "Ach tha sinn san dùthaich seo air sgàth na rinn sibhse, athair," thuirt mi, "Tha sinn fortanach, agus tha sinn taingeil."

Agus chaidh mi far an robh e agus chuir sinn ar gàir-deanan timcheall air a chèile. Ghlac mo mhàthair mo shùil agus chunnaic mi gun robh mi air an rud ceart a dhèanamh.

Beag-fhaclair XXII

dol a phòsadh   *going to get married*
fiathachadh   *invitation*
cha tuirt sinne smid   *we didn't say a word*
chan ann de ar cuideachd a tha e   *he is not one of our people*
chan ann às ar dùthaich a tha e   *he is not from our country*
ar nàbaidhean   *our neighbours*
chan eil e gu diofar càite an d' rugadh tu   *it doesn't matter where you were born*

Caibideil XXIII

Anna's father doesn't attend Marguerite's wedding, but Anna is pleased that she and her mother are able to go without making a secret of it. Two of Arthur's children, Jennifer and Samuel, are at the wedding. Anna has never been at a wedding before, and is delighted with her grown-up outfit, even if she's not allowed a glass of wine. She is surprised to learn that her mother hadn't told Marguerite about Frederick leaving home.

Cha tàinig m' athair gu banais Marguerite, ge-tà. Thuirt e nach fhaigheadh e air falbh bhon obair aige sa bhùth, ach cha robh mi a' creidsinn gur e sin an t-adhbhar a bh' ann. Cha robh e air bruidhinn ri Marguerite bhon latha mu dheireadh a bha i aig an taigh còmhla rinn mus do dh'fhalbh i. Agus cha robh e air bruidhinn mu a deidhinn bhon uair sin gus an tàinig an cuireadh gu a banais. Cha robh e fiù 's air a h-ainm a ràdh.

Bha mi toilichte gum b' urrainn dhomh a dhol gu banais Marguerite gu fosgailte, gun a bhith ga chumail dìomhair. Ach cha do dh'aidich mi gun robh mi air Marguerite fhaicinn bho àm gu àm sna sia bliadhna bho dh'fhàg i an taigh air an oidhche ud. Agus cha tuirt mo mhàthair guth nas mò, ged a bha ise air Marguerite fhaicinn na bu trice na mi fhìn.

Phòs Marguerite agus Arthur ann an oifis-chlàraidh. Bha dithis den chloinn aige ann – Jennifer agus Samuel – ach bha a nighean eile fada air falbh aig an oilthigh agus cha robh i air tilleadh airson na bainnse. Bha iad na bu shine na mise agus cha robh iad a' fuireach aig an taigh tuilleadh. Bha fiancée Jennifer còmhla rithe, agus bràthair Arthur agus a

bhean cuideachd, agus càirdean eile do dh'Arthur agus
Marguerite. Ach cha robh ann ach mi fhìn agus mo mhàt-
hair bhon teaghlach againne.

Uile gu lèir bha ceithir duine deug an làthair. B' e seo an
aon bhanais air an robh mise air a bhith, ach shaoil mi gum
biodh barrachd dhaoine ann, oir bhiodh na caileagan aig an
sgoil a' bruidhinn mu dheidhinn bhainnsean mar phartaid-
hean mòra far am biodh ceòl is dannsa agus dinnear mhòr
airson nan ceudan de dh'aoighean.

Cha robh dannsa aig banais Marguerite agus Arthur, ach
bha dinnear aca ann an taigh-òsta mòr, le trì cùrsaichean
agus bonnach-bainnse, agus fìon eadar-dhealaichte le gach
seòrsa bidhe. Bha Arthur a' dol a thoirt glainne fìon dhomh
ach thuirt mo mhàthair gun robh mi ro òg. Ach aig deireadh
na dinnearach fhuair a h-uile duine glainne champagne –
fiù 's mise – agus rinn Arthur òraid bheag ag ràdh cho
fortanach 's a bha e gun robh boireannach cho còir agus
cho brèagha ri Marguerite deònach a phòsadh, agus dh'òl a
h-uile duine deoch-slàinte dhaibh, a' slugadh sìos an cham-
pagne aca agus an uair sin a' bualadh am basan.

Agus bha i a' coimhead brèagha, deise bhàn oirre le
sgiorta mhòr agus brògan àrda san stoidhle as ùire, agus
àd bheag àraid air a ceann.

Bha mise air an deise ùr a chur orm cuideachd. Cha b'
ann airson na bainnse a fhuair mi i, ach bha mo mhàthair air
a ceannach dhomh air a' cho-la-breith mu dheireadh agam.
Deise cheart airson boireannach a bh' innte, seach dreasa
airson nighean bheag.

"A, m' eudail," thuirt Marguerite rium, "Seall ort, *ma
petite*, tha thu cho . . . uill, chan eil thu cho *petite* 's a bha
thu. Tha thu air fàs cho mòr, agus seall ort agus an deise
àlainn sin ort. *Tu es belle, Anna.* Tha mi cho toilichte gun
tàinig thu an-diugh."

Cha d'fhuair mi cothrom mòran a ràdh ri Marguerite air
an latha sin. Bha a h-uile duine timcheall oirre agus a'
guidhe meala-naidheachd dhi fhèin agus do dh'Arthur,

agus cha robh tide againn a bhith a' bruidhinn ri chèile.

Ach chuala mi beagan den chòmhradh a bha eadar Marguerite agus mo mhàthair nuair nach robh fios aca gun robh mi ag èisteachd. Bha iad a' bruidhinn mu dheidhinn m' athar agus Frederick.

"Cha robh dùil agam gun tigeadh esan," bha Marguerite ag ràdh, "ach shaoil mi gun tigeadh Frederick."

"Dh'fhalbh Frederick," thuirt mo mhàthair. "Tha fios agad gu bheil obair aige a-nis, a' càradh charbadan. Uill, bha aige ri dhol air falbh . . ." Ach cha chuala mi an còrr de na bha i ag ràdh le cho ìosal 's a bha a guth.

Agus ged nach cuala mi na thuirt mo mhàthair bha fios agam gur e breug a bhiodh ann. No co-dhiù nach b' e an fhìrinn a bhiodh ann – làn-fhìrinn na sgeulachd, gun càil air fhàgail às. Cha robh i air an fhìrinn mu dheidhinn mo bhràthar innse do m' athair no dhòmhsa, agus bha e coltach nach robh i dol a dh'innse do Mharguerite nas mò.

Beag–fhaclair XXIII

an cuireadh gu a banais   *the invitation to her wedding*
gu fosgailte   *openly*
gun a bhith ga chumail dìomhair   *not needing to keep it secret*
cha tuirt mo mhàthair guth nas mò   *my mother didn't say anything either*
ann an oifis-chlàraidh   *in a registry office*
ceudan de dh'aoighean   *hundereds of guests*
bonnach-bainnse   *wedding cake*
òraid bheag   *a little speech*
deoch-slàinte   *drinking their health*
deise cheart airson boireannach   *a proper woman's outfit*
a' guidhe meala-naidheachd dhi   *congratulating her*
bha fios agam gur e breug a bhiodh ann   *I knew it would be a lie*
làn-fhìrinn the whole truth

Caibideil XXIV

Once Marguerite is married, Anna and her mother no longer conceal the fact that they meet her occasionally in town. After six years of lies and secrecy, this is a relief to Anna, even if there is still no prospect of Marguerite visiting them at home. But she is aware that her mother is still not telling her father everything about Frederick, and she wonders if Marguerite knows the whole story. However, Anna also has an important decision of her own to make; should she leave school or stay on and go to university?

Nuair a bha i pòsta chaidh Marguerite a dh'fhuireach ann am baile eile, far an robh taigh mòr aig Arthur. Bho àm gu àm bhiodh i a' tilleadh airson an latha, a' dol gu na bùithtean no don opera, agus uaireannan bhiodh mo mhàthair a' dol a choinneachadh rithe. Uaireannan bhithinn-sa a' dol còmhla rithe.

Cha robh sinn a' cumail an fhiosrachaidh seo dìomhair tuilleadh. Bhiodh mo mhàthair ag innse do m' athair càite an robh sinn a' dol, agus ged nach biodh e a' coimhead uabhasach toilichte cha chanadh e mòran. Bha e mar gun robh aonta eadar m' athair agus mo mhàthair nach canadh iad barrachd mu a deidhinn na dh'fheumadh iad. Ach às dèidh còrr air sia bliadhna de bhreugan is dìomhaireachd, bha mi toilichte gun robh e ceadaichte ainm Marguerite a ràdh san dachaigh againn a-rithist – co-dhiù bho àm gu àm.

Bha mi aosta gu leòr a-nis gus tuigsinn gun robh cùisean eadar-dhealaichte a chionn 's gun robh Marguerite pòsta, agus gur e cùis-nàire a bha air a bhith ann, ann an sùilean m' athar, gun robh i air a bhith a' falbh le fireannach gun a bhith pòsta.

Ach chùm mi fhìn is mo mhàthair sàmhach mu dheidhinn a bhith a' coinneachadh ri Marguerite sna bliadhnaichean a dh'fhalbh. Cha do dh'iarr mo mhàthair orm seo a dhèanamh, ach thuig mi fhèin nach biodh e glic an t-sìth a bhriseadh le bhith ag innse na fìrinn.

Bha mo mhàthair air cuid a rudan innse do m' athair agus cuid a rudan a chumail bhuaithe airson nan adhbharan aice fhèin, a thaobh Marguerite agus cuideachd a thaobh mo bhràthar. Bha fios agam a-nis càite an robh ise, ach bha iomadach ceist agam mu a dheidhinn-san agus cha robh mi a' faicinn gum biodh cothrom agam na ceistean seo a chur oirre.

Cha robh mi air Frederick fhaicinn bhon latha a dh'fhalbh e còmhla ri mo mhàthair agus a thill ise na h-aonar, agus mise a' cumail faire air eagal 's gun tigeadh m' athair dhachaigh. Cha robh fios agam dè bha air a dhol ceàrr. Nan robh e air eucoir a dhèanamh, dè b' urrainn do mo mhàthair a dhèanamh air a shon? An robh i air airgead a thoirt dha airson teicheadh – an t-airgead a bhiodh Marguerite a' toirt dhi? Càit an deach e airson an cunnart anns an robh e a sheachnadh? Dè seòrsa cunnart a bh' ann, co-dhiù? An robh na poilis air a bhith an tòir air?

Agus am faicinn e a-rithist?

Bha e follaiseach dhomh nach robh mi a' dol a dh'fhaighinn freagairt sam bith bho mo mhàthair. Cha robh i air càil a ràdh ri m' athair no riumsa, ach shaoil mi gum biodh i air innse do Mharguerite, chan ann air latha a bainnse, is dòcha, ach bhon uair sin.

Ghabh mi iongnadh dè na rudan eile a bha mo mhàthair a' cumail dìomhair, agus an robh dòigh sam faighinn fiosrachadh a-mach à Marguerite. Bhiodh cothrom na b' fheàrr agam leathase.

Ach bha rudan eile agam ri dhèanamh cuideachd. Bha roghainn gu bhith agam a dh'aithghearr – an robh mi airson an sgoil fhàgail no an robh mi a' dol a leantainn orm ann am foghlam agus a dhol don oilthigh.

Bha seo na cheist mhòir, oir bha mi a' faicinn gum biodh e na chuideachadh do mo phàrantan nan robh mi a' cosnadh. Ach bha m' athair gu mòr airson 's gun rachainn don oilthigh, ag ràdh gum faigheadh iad an t-airgead à àiteigin. Bha Arthur air ràdh riumsa agus ri mo mhàthair gum pàigheadh esan airson mòran de na rudan a bhiodh a dhith oirnn, ach cha robh sinn air seo innse do m' athair. Cha bhiodh esan ag iarraidh a bhith an eisimeil Arthur agus Marguerite.

Beag-fhaclair XXIV

còrr air sia bliadhna de bhreugan is dìomhaireachd   *more than six years of lies and secrecy*

ceadaichte   *permissible*

cùis-nàire   *something shameful*

an t-sìth a bhriseadh   *to cause trouble*

a' cumail faire   *keeping watch*

air eagal 's gun tigeadh m' athair   *in case my father came*

eucoir   *misdeed, criminal offence*

an tòir air   *in pursuit of him*

an eisimeil   *indebted to*

Caibideil XXV

Anna wins a scholarship which allows her to go to university without any financial burden on her parents. As she goes away for her first term, her parents set off for their first ever holiday, and she's pleased that they are at last enjoying some of the freedoms of the new country after all their years of hardship. Her mother writes to Anna asking her to visit Marguerite, concerned about her health, and she resolves to go and see her at the weekend.

Bha maoin ri faighinn airson oileanaich à teaghlaichean bochda, suimeannan mòra agus suimeannan beaga. Chuir mi fhìn agus feadhainn eile san sgoil a-steach air an son, agus fhuair mi suim mhòr airgid a rachadh a phàigheadh thairis air na trì bliadhnaichean a bhithinn air falbh aig an oilthigh.

Bha mi toilichte nach biodh am foghlam agam na uallach air mo phàrantan. Bha mi air a bhith mothachail fad mo bheatha air cho cruaidh 's a bha mo mhàthair ag obair, ach mar as sine a bha mi a' fàs is ann as motha a bha mi a' tuigsinn an uallaich uabhasaich a bha i a' giùlan air sgàth a teaghlaich. Air sgàth mo bhràthair agus air sgàth Marguerite, agus an dithis aca air earbsa m'-athar a bhriseadh ann an dòighean eadar-dhealaichte. Agus air sgàth an duine aice fhèin, a bha gun obair agus gun dòchas fad bhliadhnaichean.

Cha robh mise airson a bhith mar uallach eile oirre, agus leis an airgead a bhiodh agam airson m' fhoghlaim cha bhiodh adhbhar agam a bhith a' faireachdainn ciontach.

Bha m' athair agus mo mhàthair a' bruidhinn mu dheidhinn fear-loidsidh a lorg aon uair 's gum bithinn air falbh, rud a bhiodh a' toirt a-steach barrachd airgid. Bha iad a' dol a dhèanamh sin nuair a thilleadh iad bho an làithean-saora. Làithean-saora! Cha robh sinn riamh air a bhith air làithean-saora. Seadh, bha làithean air a bhith ann nuair nach robh mo phàrantan ag obair, ach cha deach sinn riamh air an t-seòrsa làithean-saora a bha a' ciallachadh gun rachamaid air falbh gu baile ri taobh na mara no gu baile beag sna beanntan.

Ach a-nis bha mo phàrantan a' dol a dh'fhaighinn blasad, mu dheireadh thall, de rud nach robh air a bhith aca bho thàinig iad don dùthaich seo. Saorsa bhon obair chruaidh aca, bhon bhochdainn agus bhon iomagain a bha air a bhith orra latha às dèidh latha.

Bha iad gu bhith a' falbh air an splaoid seo goirid às dèidh dhomhsa tòiseachadh aig an oilthigh. Dìreach airson seachdain, ach bha iad airidh air agus bha mi toilichte air an son. B' urrainn dhaibh tide a chur seachad còmhla ri chèile, agus bhiodh fios aca gun robh mise san oilthigh, gun robh Marguerite pòsta agus gun robh Frederick . . . uill, bha fios aig mo mhàthair càit an robh e, agus bha m' athair a' creidsinn gun robh e fhathast ris an aon obair agus a' dèanamh math gu leòr dha fhèin.

Cho fad 's nach bruidhneadh e mu dheidhinn a mhic cha bhiodh aig mo mhàthair ri breug innse dha. Ged nach biodh e doirbh dhi breug eile innse.

Fhuair mi litir bho mo mhàthair agus cairt-phuist bhon dithis aca, le dealbh den bhaile san robh iad a' fuireach air an làithean-saora. Thàinig an dà rud air an aon latha, ged a bha ceann-là na bu shine air a' chairt-phuist. Thog mi iad às a' bhogsa bheag le àireamh mo sheòmair air agus leugh mi iad air an t-slighe don chiad òraid agam. A' chairt-phuist an toiseach: bha an làithean-saora a' còrdadh riutha, bha e air a bhith grianach, bha m' athair air a bhith sa mhuir suas gu a ghlùinean ged a bha an t-uisge fuar, agus bhiodh iad air ais aig an taigh mus leughainn-sa seo.

Agus an uair sin an litir Bha mo mhàthair ag iarraidh orm

cèilidh air Marguerite, oir cha b' urrainn dhise m' athair fhàgail agus bha i iomagaineach mu shlàinte a peathar a bha a' coimhead cho lag 's cho sgìth an turas mu dheireadh a chunnaic iad a chèile. Ged a thuirt Marguerite gun robh i ceart gu leòr bha mo mhàthair teagmhach.

Cha robh Arthur agus Marguerite a' fuireach fada bho bhaile an oilthigh. B' urrainn dhomh a dhol ann air a' bhus agus tilleadh tràth gu leòr 's nach cuireadh e dragh air muinntir na colaiste. Bha riaghailtean ann mu bhith a' dol air falbh tron teirm agus cha robh mi airson am briseadh. Chuir mi romham a dhol ann aig deireadh na seachdain.

Beag-fhaclair XXV

maoin   *money, grant*
suimeannan   *sums*
uallach   *responsibility, burden*
mothachail   *aware*
uallach uabhasach   *terrible responsibility*
air earbsa m' athar a bhriseadh   *had broken my father's trust*
fear-loidsidh   *lodger*
bochdainn   *poverty*
iomagain   *worry*
splaoid   *trip*
bha iad airidh air   *they deserved it*
cairt-phuist   *postcard*
ceann-là na bu shine   *later date*
a' chiad òraid agam   *my first lecture*
ag iarraidh orm cèilidh air Marguerite   *asking me to visit Marguerite*
iomagaineach   *worried*
teagmhach   *doubtful*

Caibideil XXVI

Anna receives news that her father has died suddenly of a heart attack. She goes home to find her mother sitting alone in the kitchen. The men from the old country have taken charge of the funeral arrangements.

Cha deach mi a chèilidh air Marguerite, ge-tà. Mu chòig uairean feasgar air an latha a ràinig na litrichean, bha mi fhìn agus caraid a' tilleadh bhon chlas mu dheireadh agam agus a' coiseachd seachad air oifis na colaiste nuair a thàinig tè de na h-ollamhan a-mach 's i ag iarraidh facal orm.

Bha feagal orm gun robh mi air rudeigin a dhèanamh ceàrr. Carson a bhiodh tè a bha cho cudromach sa cholaiste ag iarraidh facal ormsa?

Chaidh mi a-steach còmhla rithe agus dh'iarr i orm suidhe sìos. Agus dh'innis i dhomh gun robh m' athair air caochladh.

Chaidh mi dhachaigh air an trèana an oidhche ud. Air ais gu mo mhàthair, leatha fhèin aig an taigh. Bha e anamoch nuair a ràinig mi an taigh agus bha mo mhàthair na suidhe aig a' bhòrd sa chidsin, na tàmh. Mo mhàthair, nach robh uair sam bith na tàmh. B' e seo a' chiad turas a bha mi air a faicinn aig an taigh nuair nach robh i a' glanadh no a' còcaireachd no ag iarnaigeadh no a' sguabadh. An turas seo bha i dìreach na suidhe.

"Sin thu fhèin, Anna," thuirt i nuair a thàinig mi a-steach. "Is math gun tàinig thu. Ach chan eil càil eile a ghabhas dèanamh gus a-màireach. Bha an tè bhon ath-dhoras a-staigh a' cèilidh orm agus rinn i dinnear dhomh. Cha do dh'ith mi càil, ge-tà. An do ghabh thu fhèin biadh, a ghràidh?"

"Cha do ghabh," fhreagair mi.

"Siuthad, ma-tà. Tha e fhathast an sin. Cha do bhlais mi air, agus bidh an t-acras ort."

"Cha ghabh, tapadh leibh," arsa mise.

Shuidh mi sìos mu a coinneamh agus dh'innis i dhomh dè thachair. Greim-cridhe. Gu h-obann, gun rabhadh sam bith, fhad 's a bha e ag obair sa bhùth. Cha robh e ach leth-cheud bliadhna 's a dhà a dh'aois.

Bha fear na bùtha air fios a chur don fhactaraidh fhad 's a bha m' athair air an t-slighe don ospadal sa charbad-eiridinn, ach nuair a ràinig i an t-ospadal bha e marbh mar-thà.

"Agus càite a bheil . . ." thòisich mi.

"Corp d' athar? Cha robh mi ga iarraidh am broinn an taighe. Tha na fireannaich a' dèiligeadh ris. Tha iad a' dèiligeadh ris a h-uile càil."

Na fireannaich. Cò na fireannaich? Agus an uair sin thuig mi na bha i ag ràdh. Na fireannaich bhon t-seann dùthaich, iadsan a bha air feagal cho mòr a chur orm nuair a bha mi òg. Bha iad a' dol a chur a h-uile rud ann an òrdugh airson an tìodhlaicidh.

"A bheil dòigh ann fios a chur gu Fred?" dh'fhaighnich mi. B' e seo a' chiad turas a bha mi air ainm mo bhràthar a ràdh bho dh'fhalbh e.

"Nì mise sin nuair a fhreagras an tìde," arsa mo mhàthair. "Cha bhi e ann a-màireach."

"Agus Marguerite?"

"Chuir mi fios thuice, ach chan eil mi . . . uill, chì sinn. Chì sinn, Anna."

Cha robh fios agam dè bu chòir dhomh a ràdh, 's mar sin cha tuirt mi ach, "Tha e anmoch, agus tha latha mòr romhainn a-màireach. Bu chòir dhuinn a dhol don lea-baidh."

"Tha thu ceart, Anna. Siuthad, m' eudail. Thèid mi fhìn innte an ceann greiseag."

Chaidh mi don t-seòmar-chadail agam. Seòmar pàiste,

agus bha mi a-nis nam oileanach. Dh'èist mi airson ceu-
mannan mo mhàthar air a slighe don leabaidh ach cha
chuala mi càil. Agus mu dheireadh thall thuit mi nam
chadal.

Beag-fhaclair XXVI

ag iarraidh facal orm   *wanted a word with me*
gun robh m' athair air caochladh   *that my father had died*
nach robh uair sam bith na tàmh   *who was never idle*
cha do bhlais mi air   *I didn't taste it*
greim-cridhe   *heart attack*
gu h-obann   *suddenly*
gun rabhadh sam bith   *without any warning*
sa charbad-eiridinn   *in the ambulance*
nuair a fhreagras an tìde   *at the right time*
an ceann greiseag   *in a little while*

Caibideil XXVII

The only other mourners besides Anna and her mother are the men from the old country, and also women from the old country, whom Anna has never seen before. Anna is unfamiliar with the style of worship and singing, because her parents have never taught her about the religious practices of the old country. The women take charge of the catering and offer to help her mother, and Anna wonders why these women were never around to help when she was growing up. Anna stays at home for a week before returning to university, and Marguerite and Arthur come to visit.

Cha robh Marguerite aig tìodhlaiceadh m' athar. Cha robh ann ach mi fhìn, mo mhàthair, na fireannaich bhon t-seann dùthaich agus mnathan às an t-seann dùthaich cuideachd. Boireannaich nach fhaca mi riamh roimhe.

Bha tachartasan an latha sin annasach dhomh. Bha an t-seann dùthaich air a bhith air cùl a h-uile rud nar beatha cho fad 's a bha cuimhne agam, ach cha robh cànan na dùthcha agam agus cha robh mi eòlach air an dòigh-adhraidh a bh' aca aig an tìodhlaiceadh. Cha robh mo phàrantan air càil mu dheidhinn a theagasg dhuinn agus cha robh mi air na h-ùrnaighean no an t-seinn a chluinntinn roimhe.

Thug mi sùil air mo mhàthair. Bha a bilean a' gluasad leis na h-ùrnaighean ach cha robh fuaim sam bith a' tighinn a-mach. Bha deòir a' sruthadh bho a sùilean agus bha i a' luasgadh air ais is air adhart.

Às dèidh làimhe, nuair a bha corp m' athar san ùir, chaidh sinn air ais don taigh agus thàinig cuid de na daoine air ais còmhla rinn. Bha na boireannaich air biadh a dhèanamh agus ghabh sinn sin, agus thàinig cuid de na nàbaidhean a-steach cuideachd.

Sgioblaich na boireannaich a h-uile rud sa chidsin nuair a bha na daoine eile air falbh, agus thuirt iad gun tigeadh iad a-rithist sa mhionaid nan robh rud sam bith a b' urrainn dhaibh a dhèanamh airson mo mhàthar.

Ghabh mi iongnadh carson nach robh iad air tighinn a choimhead oirre airson a cuideachadh sna bliadhnaichean a dh'fhalbh, nuair a bhiodh mo mhàthair ag obair cho cruaidh gun taic bho dhuine sam bith, ach cha tuirt mi càil.

Dh'fhuirich mi còmhla ri mo mhàthair airson seachdain eile mus do thill mi don oilthigh. Thàinig daoine bhon t-seann dùthaich a h-uile oidhche, agus ged nach robh mi cinnteach an robh seo a' còrdadh ri mo mhàthair bha mi toilichte nach biodh i air a fàgail leatha fhèin aon uair 's gum bithinn air falbh a-rithist.

Air an Diardaoin mus do thill mi, thàinig Marguerite. Cha robh i air ceum a ghabhail a-staigh againn bhon oidhche a dh'fhalbh i, nuair nach fhaca duine i ach mi fhìn, agus bha sin bho chionn . . . dè cho fada a-nis? . . . cha mhòr nach robh deich bliadhna ann bhon uair sin.

Thàinig Arthur còmhla rithe, ach airson cothrom a thoirt don dithis pheathraichean tìde a chur seachad le chèile dh'iarr e orm a dhol a-mach a choiseachd còmhla ris.

Choisich sinn tro na sràidean san sgìre againn. Sheall mi dha càite an robh an sgoil agus an leabharlann agus am factaraidh san robh mo mhàthair ag obair. Ron a seo cha robh mi air bruidhinn ri Arthur nuair nach robh Marguerite ann, ach bha e gasta. Bhruidhinn mi mu na rudan a bha mi ag ionnsachadh aig an oilthigh, agus dh'innis e dhomh mun bhanais mhòir a bha air a bhith aig a nighean, Jennifer, agus mu na làithean-saora a ghabh e fhèin agus Marguerite anns an Fhraing.

"An deach sibh don taigh-opera san robh i a' seinn nuair a bha i òg?"

"Cha deach. Chan eil e ann tuilleadh. Tha mi a' tuigsinn

gun deach a leagail às dèidh a' chogaidh. Ach chaidh sinn don opera ann an taigh-cluich eile. Tha fios agad fhèin cho math 's a tha sin a' còrdadh ri Marguerite."

★ ★ ★

Anna investigates the contents of the jewellery box and finds letters between her mother and Marguerite, but they're written in the language of the old country. There are also photographs, including photographs taken in the old country, one of which might be Anna's grandmother. Anna is frustrated by how little she knows about her family and by the fact that it is now too late to ask anyone.

Tha seudan sa bhogsa, mar a bhiodh dùil. Agus tha cuid de na rudan seo a' coimhead math. Feumaidh mi measadh ceart fhaighinn air an luach. Thèid an t-aodach do bhùth-chathrannais, ach dh'fhaodadh na rudan seo a bhith prìseil.

Agus fon treidhe-sheudan tha pìosan pàipear. Litrichean. Litrichean eadar mo mhàthair agus Marguerite. Cuin a chaidh an sgrìobhadh? Tha mi a' coimhead air na cinn-là. Cuid aca ro bhàs m' athar, cuid às dèidh sin. Agus a h-uile càil sgrìobhte ann an cànan na seann dùthcha. Carson a bhiodh iad a' sgrìobhadh gu cach a chèile ann an cànan nach robh iad uair sam bith a' bruidhinn? Cànan nach do dh'ionnsaich mi riamh, ged a bha mi air cur romham tric gu leòr nuair a bha mi òg gun robh mi a' dol ga h-ionnsachadh. Tha mi a' faicinn m' ainm an siud 's an seo, ge-tà, agus ainm mo bhràthar, air a ghiorrachadh gu "F" mar as trice.

Tha a h-uile freagairt an seo na mo làmhan. Freagairt don a h-uile ceist nach do chuir mi air mo mhàthair fhad 's a bha i beò. Nan robh mi comasach air an leughadh.

Agus tha dealbhan ann cuideachd. Dealbh dhìomsa agus de mo bhràthair, èideadh na sgoile oirnn agus Fred a' coimhead gu math crosta. Dealbh dhìom air an latha a cheumnaich mi bhon oilthigh. Fred agus Edith agus am mac nuair a bha e air ùr bhreith.

Agus dealbhan eile nach fhaca mi gus an-diugh. Dealbh de mo mhàthair còmhla ri Marguerite agus nighean eile. An triùir aca nan deugairean, no tràth nam ficheadan aig a' char as aosta. Dealbh a chaidh a thogail san t-seann dùthaich.

Dealbh eile. M' athair agus mo mhàthair air an latha-pòsaidh. Cha robh mi air seo fhaicinn riamh. Cha robh càil mar sin againn aig an taigh. Agus seo rud eile . . . mo mhàthair agus Marguerite agus . . . cò? Mo sheanmhair? Cò i? Agus dè thachair dhì? An robh i beò nuair a dh'fhàg iad an t-seann dùthaich? An do dh'fhuirich i ann?

Na ceistean. Cus cheistean. Agus tha aon cheist ann a tha nas motha na ceist sam bith eile: carson nach d'fhuair mi na freagairtean fhad 's a bha iad beò?

Beag-fhaclair XXVII

annasach   *strange*
air cùl a h-uile rud nar beatha   *behind everything in our lives*
dòigh-adhraidh   *style of worship*
a' luasgadh air ais is air adhart   *swaying back and forth*
nàbaidhean   *neighbours*
ghabh mi iongnadh   *I wondered*
aon uair 's gum bithinn air falbh a-rithist   *once I was away again*
gasta   *nice*
seudan   *jewels*
mar a bhiodh dùil   *as you would expect*
measadh ceart fhaighinn air an luach   *a proper estimate of their value*
do bhùth-chathrannais   *to a charity shop*
prìseil   *precious*
cinn-là   *dates*
air a ghiorrachadh   *abbreviated*
an latha a cheumnaich mi   *the day I graduated*
air ùr bhreith   *newly born*
tràth nam ficheadan aig a' char as aosta   *in their early twenties at most*
air an latha-pòsaidh   *on their wedding day*

Caibideil XXVIII

Marguerite and Arthur invite Anna's mother to come and live them, but she isn't sure that she should allow herself to be dependent on them. Then Fred returns home one weekend with his pregnant girlfriend.

Bha Marguerite air iarraidh air mo mhàthair a dhol a dh'fhuireach còmhla riuthasan. Bha clann Arthur a-nis air falbh agus bha an taigh ro mhòr airson dithis, agus bhiodh i na b' fhaisge ormsa. Dh'fhaodadh i tighinn a choimhead orm a h-uile seachdain.

Chuir Arthur a thaic ris a' mholadh seo. Nuair a bha sinn air a bhith a' coiseachd timcheall na sgìre againn, bha e air innse dhomh gun robh iad airson mo mhàthair fhaighinn air falbh bhon àite ud, air falbh bhon fhactaraidh agus air falbh bhon bheatha chruaidh a bha air a bhith aice fad nam bliadhnaichean mòra a-nis.

Bha mo mhàthair teagmhach. Cha robh i airson a bhith an eisimeil dhaoine eile, thuirt i. Bha i comasach air cosnadh agus cha bhiodh e ceart a bhith a' faighinn àite-fuirich, biadh agus a h-uile càil eile bho a bràthair-chèile.

"Na bi gòrach," thuirt Marguerite riutha. "*Tu peux travailler si tu veux*. Chan eil sinn ag ràdh nach fhaod. Obair eile, ge-tà. *Quelque chose* eadar-dhealaichte. Rudeigin aotrom."

Nuair a bha mi òg bha mi a' smaoineachadh gun robh e annasach gun robh Marguerite a' measgachadh Frangais leis na briathran aice. Annasach ach ealanta. A-nis cha robh mi a' tuigsinn carson a bhiodh i ga dhèanamh. A bharrachd air a' chola-deug a bha i fhèin agus Arthur san Fhraing air an làithean-saora cha robh i air a bhith san dùthaich bho chionn fichead bliadhna. Dè bha i a' feuchainn ri shealltainn dhuinn leis a' chleachdadh àraid seo?

Ach cha b' e seo cnag na cùise. B' e a cheist mhòr an robh mo mhàthair a' dol a dh'fhàgail a taighe agus a h-obrach airson a dhol a dh'fhuireach còmhla ri Marguerite.

Agus b' e Fred a fhreagair a' cheist. Oir thill Fred agus cha robh e leis fhèin.

Thill e Disathairne, dhà no trì sheachdainean às dèidh an tìodhlaicidh. Bha mi air cead fhaighinn bhon cholaiste a dhol dhachaigh a h-uile Dihaoine airson a bhith còmhla ri mo mhàthair. Mar seo, cha bhithinn a' call chlasaichean, agus ged a bha mi a' call rudan eile a bha an lùib beatha nan oileanach cha robh seo a' cur dragh orm. Bhiodh tìde gu leòr agam airson còisir no comann-deasbaid no cluich hocaidh san dàrna bliadhna agus san treas bliadhna agam.

Tha mi a' smaoineachadh gun robh dùil aig mo mhàthair gun tigeadh Fred. Cha b' urrainn dhomh a bhith cinnteach, oir bha i air iomadach rud a chumail dìomhair thairis air na bliadhnaichean agus cha bhiodh e air a bhith na iongnadh dhomh nan robh i air iarraidh air tighinn dhachaigh. Cha robh i air càil a ràdh riumsa mu dheidhinn, ge-tà. Is dòcha nach robh i cinnteach an tigeadh e. Ach cha robh dùil aig mo mhàthair ris an naidheachd a bha aige.

"Seo Edith," thuirt Fred cho luath 's a thàinig e a-steach. "Tha sinn a' dol a phòsadh."

Cha tuirt mi fhìn no mo mhàthair càil. Bha sinn dìreach a' coimhead air Fred agus air a' bhoireannach òg bhàn a bha còmhla ris, ar beòil fosgailte.

"Tha Edith trom," arsa Fred. Bha sin follaiseach. Bha a brù cho mòr 's gun robh a sgiorta air a tharraing an-àird agus a glùinean rim faicinn. "Tha leanabh gu bhith aice."

Beag-fhaclair XXVIII

chuir Arthur a thaic ris a' mholadh seo *Arthur supported this proposal*
bha mo mhàthair teagmhach *my mother was unsure*
a bhith an eisimeil dhaoine eile *to be dependent on other people*
comasach air cosnadh *capable of working for a living*
bràthair-chèile *brother-in-law*
annasach ach ealanta *odd but elegant*
cnag na cùise *the key question*
trom *pregnant*
follaiseach *obvious*

Caibideil XXIX

Anna's mother decides to stay at home to support Fred and Edith, who move in with her. Anna discovers that Fred has been living just a few streets away, lodging with Edith's family, and that her mother knew of his whereabouts all along. Anna's mother is making a martyr of herself for her son's sake, while she seems to regard Anna as having deserted her family to go to university.

Rinn an naidheachd seo an co-dhùnadh airson mo mhàthar. Bha i a' dol a dh'fhuireach far an robh i, agus bha Fred agus Edith a' dol a dh'fhuireach còmhla rithe. Bhiodh taic a dhìth orra nuair a thigeadh an leanabh, thuirt i. Bha iad cho òg. Bha Fred dìreach fichead 's a h-aon agus cha robh Edith ach sia deug.

Shaoil mise gun robh mo mhàthair às a ciall. Bha teaghlach aig Edith – athair, màthair, dithis pheathraichean na bu shine aig an robh clann mar-thà, agus càirdean eile aca air feadh na sgìre. B' urrainn dhaibhsan taic a thoirt do dh'Edith agus Fred. Carson a dh'fheumadh mo mhàthair a dhèanamh? Ach bha i air a h-inntinn a dhèanamh suas. Bha i a' dol a chuideachadh a mic agus a bhean agus an leanabh aca.

Càit an robh Fred air a bhith fad sia bliadhna? Cha d' fhuair mi riamh freagairt dìreach. Thuirt e gun robh e a' fuireach airson greiseag ann am baile eile, far an robh cuideigin a b' aithne dha air obair a lorg dha, agus an uair sin, mu bhliadhna ro bhàs ar n-athar, bha e air tilleadh. B' e Edith a dh'innis dhomh gun robh e air a bhith a' fuireach na fhear-loidsidh còmhla ris an teaghlach aicese. Bha mo bhràthair air a bhith a' fuireach dìreach ceithir sràidean air falbh, agus cha robh càil a dh'fhios agam no aig m' athair gun robh e ann.

Agus cha d'fhuair mi a-mach riamh dè thug air Fred teicheadh sa chiad dol-a-mach.

Cha robh mi a' tuigsinn carson a bha mo mhàthair air seo a chumail bhuam, agus cha robh mi toilichte gum biodh i a-nis air a glacadh le barrachd obair chruaidh agus leanabh ùr san taigh.

Bha mi air mo bheul a chumail dùinte tric gu leòr nuair a bha ceistean air a bhith agam, ach a-nis bha mi airson a bhith dìreach le mo mhàthair.

"Carson? Chan eil mi a' tuigsinn. Carson nach tuirt sibh càil mu dheidhinn seo, agus Fred a' fuireach cho faisg oirnn? Bha sibh ga fhaicinn, nach robh?"

"Bha, Anna," thuirt i. "Bha mi ga fhaicinn. Chuir e fios thugam cho luath 's a thill e agus tha mi air fhaicinn a h-uile seachdain bhon uair sin."

"Ach cha do dh'innis e dhuibh mu dheidhinn Edith, an do dh'innis? Gun robh e air nighean fhàgail trom."

"Cha do dh'innis," dh'aidich i.

"Agus a-nis tha e a' nochdadh aig an doras, nighean òg ri thaobh, leis an naidheachd gu bheil leanabh gu bhith aca an ceann beagan sheachdainean, agus tha sibhse ag iarraidh orra tighinn a dh'fhuireach còmhla rinn."

"Còmhla riumsa, Anna. Chan eil 'còmhla rinn' ann tuilleadh, le d' athair marbh agus thusa air falbh aig an oilthigh. Chan eil mi ag iarraidh a bhith leam fhìn."

Thill mi don oilthigh gu math diombach. Bha facail mo mhàthar mar chasaid, a' fàgail às mo leth gun robh mi air a trèigsinn. Cha robh i air sin a ràdh gu dìreach, ach cha b' urrainn dhomh na facail ud fhaighinn às mo cheann. "Chan eil 'còmhla rinn' ann tuilleadh".

Chùm mi orm a bhith a' tilleadh dhachaigh gach deireadh seachdain suas gu deireadh an teirm. Rugadh leanabh Edith aig toiseach an Dùbhlachd. Balach tapaidh a bh' ann, agus thagh iad an t-ainm Max dha. Thairis air àm na Nollaig agus na Bliadhn' Ùir chuir mi seachad an tide còmhla riutha aig an taigh, agus bha mo mhàthair air a dòigh leis an fhear bheag.

Bha mi toilichte gun robh ise toilichte, ach cha robh e a' còrdadh rium gun robh i cho deònach a bhith na sgalag airson a mic agus a theaghlach ùr. Chunnaic mi nach tigeadh crìoch air an obair a bhiodh i a' dèanamh i air an son, agus chlisg mi nuair a thàinig e a-steach orm gur e seo a bha i ag iarraidh.

Beag-fhaclair XXIX

an co-dhùnadh   *the decision*

bhiodh taic a dhìth orra   *they would need support*

às a ciall   *out of her mind*

dè thug air Fred teicheadh sa chiad dol-a-mach   *what made Fred run away in the first instance*

bha mo mhàthair air seo a chumail bhuam   *my mother had kept this from me*

gu math diombach   *quite annoyed*

mar chasaid   *like a reprimand*

a' fàgail às mo leth gun robh mi air a trèigsinn   *accusing me of deserting her*

air a dòigh   *happy*

sgalag   *skivvy*

chlisg mi   *it came as a shock to me*

Caibideil XXX

Seeing how happy her mother is with her new grandchild makes it easier for Anna to pursue her own interests. She goes on holiday to Europe and visits many of the places Marguerite has told her about. She recognises that her education gives her choices that the likes of Edith can never enjoy, but also that her mother had been given a choice between an easy life with Marguerite and Arthur and a harsh life with Fred and Edith, and had chosen the latter.

Cha bhiodh Marguerite air a bhith toilichte a' coimhead às dèidh teaghlach mar sin. Cha bhithinn-sa nas mò. Ach bha e a' còrdadh ri mo mhàthair.

Agus nuair a chunnaic mi sin bha e na b' fhasa dhomh mo shlighe fhèin a lorg. Nuair a thàinig làithean-saora na Càisge cha deach mi dhachaigh ach airson dà latha. Dh'fhalbh mi don Roinn Eòrpa, a' tadhal air bailtean eachdraidheil na h-Eadailt còmhla ri oileanaich eile.

Agus thuig mi an uair sin na rudan a bhiodh Marguerite ag ràdh mu dheidhinn cultar. Àrd-chultar agus ealain mhòr an t-saoghail a bha a' cur an cèill ar n-eachdraidh, chan ann mar dhaoine bhon dùthaich ud no an dùthaich ud eile ach mar dhaoine a bha air a bhith a' siubhal agus a' measgachadh ri chèile fad nan linntean.

Nuair a chaidh mi don chiad opera agam, an latha a choinnich mi ri Arthur airson a' chiad uair, chuala mi le mo chluasan fhèin an ceòl air an robh Marguerite a' bruidhinn rè m' òige, agus bha e mìorbhailteach. San aon dòigh, chaidh mo shùilean fhosgladh air an turas don Eadailt. Airson a' chiad uair bha mi a' faicinn rudan mun robh mi air leughadh ann an leabhraichean. Bha saoghal mòr a-muigh an sin, agus cha robh mi ag iarraidh a bhith air mo ghlacadh ann an aon oisean beag dheth aig an taigh.

Agus cha robh mi a' faireachdainn ciontach. Bha roghainn agam, agus b' ann airson seo a bha mo phàrantan air mo bhrosnachadh leis an obair-sgoile agam. Gus am biodh roghainn agam.

Cha robh roghainn aig Edith. Sia bliadhna deug a dh'aois agus leanabh aice.

Bha roghainn air a bhith aig mo mhàthair cuideachd, agus bha i air beatha chruaidh a thaghadh còmhla ri Fred, Edith agus Max an àite beatha shocair còmhla ri Marguerite agus Arthur.

Thug e saorsa dhomh, an sealladh ùr seo a bha a-nis cho soilleir dhomh. Cha robh mi saor bho cheanglaichean mo theaghlaich, no bho chuimhne m' òige agus sgàil na seann dùthcha, agus cha robh mi ag iarraidh a bhith air mo sgaradh bho na rudan a thug buaidh cho mòr air mo bheatha 's mi òg. Ach bha mi saor airson beatha ùr a chruthachadh dhomh fhìn, fada air falbh bhon bhochdainn san robh mo phàrantan beò.

Bhithinn a' tilleadh tric gu leòr sna bliadhnaichean a bha mi san oilthigh agus airson greiseag às dèidh làimh, don t-seann taigh agus don taigh ùr a fhuair iad nuair a bha Max dà bhliadhna a dh'aois, ach cha robh mi a' smaoineachadh air an àite ùr mar mo dhachaigh. Aon uair 's gun robh iad san taigh ùr bha e follaiseach gun robh "còmhla rinn" ùr ann agus nach robh àite ann dhòmhsa ach mar neach a thigeadh a chèilidh orra bho àm gu àm.

Beag-fhaclair XXX

cha bhithinn-sa nas mò   *I wouldn't either*
mo shlighe fhèin a lorg   *to find my own path in life*
Roinn Eòrpa   *Europe*
bailtean eachdraidheil na h-Eadailt   *the historic cities of Italy*

àrd-chultar agus ealain mhòr   *high culture and great art*
a' cur an cèill ar n-eachdraidh   *revealed our history*
rè m' òige   *during my youth*
mìorbhailteach   *marvellous*
chaidh mo shùilean fhosgladh   *my eyes were opened*
aon oisean beag dheth   *one small corner of it*
air mo bhrosnachadh   *had encouraged me*
saorsa   *freedom*
sgàil na seann dùthcha   *the shadow of the old country*
saor airson beatha ùr a chruthachadh dhomh fhìn   *free to create a new
life for myself*

Caibideil XXXI

When their mother dies, ten years later, Anna disapproves of the extravagant funeral Fred arranges for her. Sitting in one of the big, black cars with Marguerite, she remembers her father's funeral and wonders where all the people from the old country are now.

Cha robh e ceart, an tìodhlaiceadh a rinn Fred airson ar màthar. Cha robh e iomchaidh. Bha e fhèin ann còmhla ri Edith, àd mhòr dhubh oirre, agus Max, a bha mu dheich bliadhna a dh'aois aig an àm. Bha an dithis eile aca còmhla ri piuthar Edith, a bha a' coimhead às dèidh na cloinne òga uile fhad 's a bha càch aig an tìodhlaiceadh.

Bha càr dubh le uinneagan mòra aig a' chùl air corp mo mhàthar a ghiùlan don chladh, agus bha sinne ann an dà chàr eile a bha ga leantainn – Fred, Edith agus Max sa chiad chàr agus mi fhìn agus Marguerite às an dèidh. Bha barrachd dhìtheannan ann na bha mi riamh air fhaicinn na mo bheatha, agus stad daoine air an t-sràid nuair a chaidh sinn seachad orra, a' coimhead air na càraichean agus oirnne agus a' gabhail iongnadh cò bha air bàsachadh.

Bha e tuilleadh is a chòrr dhomhsa. Cha b' e sin a bhiodh mo mhàthair air iarraidh air a son fhèin. Cha bhiodh i air càil iarraidh ach an tìodhlaiceadh a bu shìmplidhe. Ach bha Fred airson airgead a chosg, agus bha airgead gu leòr aige a-nis. Bha e airson sealltainn cho measail 's a bha e air a bhith air a mhàthair, an tè a bha air a beatha a thoirt seachad ag obair airson a teaghlaich.

Cha robh mo mhàthair ach leth-cheud 's a h-ochd nuair a chaochail i. Bha i fhathast ag obair san fhactaraidh, ged a dh'iarr Fred oirre an obair shuarach sin a leigeil dhith, agus fhathast a' coimhead fallainn agus a' cumail trang, ach chaidh a beatha a thoirt bhuaipe gu h-obann. Stròc a bh' ann, a rèir an dotair. Rudeigin a' dol ceàrr san eanchainn. Cha robh càil a ghabhadh dèanamh air a son.

Smaoinich mi an uair sin air tìodhlaiceadh m' athair agus mar a chaidh a h-uile rud a chur air dòigh leis na fireannaich bhon t-seann dùthaich. Cha robh fios agam càit am biodh iad a-nis, ach bha fios agam nach biodh an t-seinn àraid agus na h-ùrnaighean nach do thuig mi rin cluinntinn air an latha seo san robh sinn a' dol a chomharrachadh beatha mo mhàthar.

Agus leig mi le na deòir tuiteam agus thionndaidh mi gu Marguerite, a bha ri mo thaobh, agus chunnaic mi gun robh a sùilean-se làn dheur cuideachd. Ghabh mi a làmh na mo làimh-san agus thionndaidh sinn air falbh bho chèile a-rithist, a' coimhead tro na h-uinneagan 's an càr a-nis a' gluasad tro gheataichean a' chlaidh.

Beag-fhaclair XXXI

càch   *the others*
don chladh   *to the cemetery*
a' gabhail iongnadh   *wondered*
tuilleadh is a chòrr dhomhsa   *far too much for me*
cho measail 's a bha e air a bhith air a mhàthair   *how fond he had been
   of his mother*
an obair shuarach   *that low-paid job*
stròc   *stroke*
cha robh càil a ghabhadh dèanamh air a son   *nothing could be done for
   her*
an t-seinn àraid   *the peculiar singing*
a chomharrachadh beatha mo mhàthar   *to commemorate my mother's
   life*
leig mi do na deòir tuiteam   *I let the tears fall*

Caibideil XXXII

Anna visits Marguerite, now over eighty, in hospital. She is in a lot of pain following surgery on a complicated fracture, and not everything she says makes sense. Jennifer asks Anna if she understands Marguerite when she speaks the language of the old country, but Anna was never taught it at home. That night, Marguerite dies in her sleep

Smaoinich mi air seo a-rithist nuair a bha mi a' coimhead air Marguerite san ospadal, a' cumail a làimh na mo làimh-sa, agus ise a' tionndadh air falbh. Cha robh i airson 's gum biodh daoine a' coimhead oirre, a h-aodann gun *rouge* no pùdar. Ged a bha i còrr air ceithir fichead bliadhna a dh'aois, bha e fhathast cudromach dhi a bhith a' coimhead cho math 's a b' urrainn dhi. No bha seo air a bhith cudromach gus an do thuit i a-rithist air an staidhre, a' briseadh a cruachan.

Cha robh an obair-lannsa air a bhith cho sìmplidh 's a bha na dotairean an dùil, agus fhad 's a bha i san ospadal bha e air tighinn am follais gun robh rudan eile ceàrr oirre cuideachd. Mu dheireadh thall dh'fheumadh Marguerite aideachadh nach b' urrainn dhi cumail a' dol aig an taigh.

Bha fichead bliadhna air a dhol seachad bho chaochail mo mhàthair, ach bha Marguerite . . . a bha cho tinn agus a bhiodh a' coimhead cho làg is sgìth . . . fhathast beò.

"Na bi a' coimhead orm, Anna," thuirt Marguerite. "Tha mi cho aosta is cho grànda."

"Nach ist sibh," arsa mise. "Bidh sibh ceart gu leòr. Tha an luchd-altraim a' dol a choimhead as ur dèidh."

"Tha an t-àm seachad, m' eudail," fhreagair i, ach cha robh a cainnt soilleir. "Chan eil annam a-nis ach cailleach chiorramach gun fheum."

"Nise, chan eil sin fìor. Agus mas e cailleachan air a bheil sinn a-mach, tha mise gu bhith leth-cheud a dh'aithghearr."

Agus bhruidhinn Marguerite a-rithist ach cha do thuig mi na facail. Airson mionaid shaoil mi gur e cànan na seann dùthcha a bh' aice, ach bha e doirbh a bhith cinnteach. Rinn i osna, a' greimeachadh gu teann air mo làimh. Bha e follaiseach gun robh am pian dona.

Thàinig ban-altraim airson drugaichean a thoirt dhi airson am pian a lughdachadh, agus chaidh mise a dh'fhaighinn cupan cofaidh.

Bha Jennifer a' feitheamh orm aig an doras. "Cha robh i a' dèanamh mòran ciall nuair a bhruidhinn mise rithe nas mò," thuirt i. "Uaireannan tha mi ga tuigsinn ach aig amannan eile is e an seann chànan aice a bhios i a' bruidhinn. A bheil thusa ga thuigsinn?"

"Chan eil," arsa mise. "Gu mì-fhortanach. Cha robh iad ga bhruidhinn rinn nuair a bha sinn òg. Nach eil Frangais aice tuilleadh?"

"Bha sin neònach, nach robh?" arsa Jennifer. "An dòigh sam biodh i a' measgachadh nan cànanan ri chèile, ach cha chuala mi facal Frangais bhuaipe fad greiseag a-nis."

Air an t-slighe a-mach chaidh sinn seachad a-rithist air an t-seòmar san robh Marguerite na laighe, ach bha i na cadal. Làn dhrugaichean. Bha a h-aodann ciùin agus bha a falt geal is tana.

Shiubhail sinn ann an càr Jennifer gu taigh Marguerite, far an robh mi a' dol a dh'fhuireach airson na h-oidhche, agus an uair sin dh'fhalbh ise don taigh aice fhèin. Sa mhadainn an ath latha, fhuair mi fios bhon ospadal gun robh Marguerite air bàsachadh na cadal.

★　★　★

What was Anna hoping to find in the jewellery box? She never took advantage of the chances she had to ask about her family while her mother and Marguerite were alive, and now it's too late. And there's no one she can talk to. Fred is enjoying a comfortable retirement on the golf course and has no interest in their family history. Jennifer wouldn't understand; she's always known everything about her family, with no mysteries to unravel. Anna sits surrounded by Marguerite's belongings, and her eyes fill with tears as realises that she will never get the answers to her questions now.

Chan eil fios agam dè cho fad 's a tha mi air a bhith nam shuidhe an seo a-nis. Tha e air fàs dorcha a-muigh agus chan eil mi air na solais a chur air. Tha còta Marguerite an seo ri mo thaobh, bog is mìn, agus tha am bogsa fosgailte air a' bhòrd.

Dè bha mi a' sùileachadh? Freagairt don a h-uile ceist a bh' agam riamh? Cha d' fhuair mi sin. Tha uimhir a thìde air dol seachad agus cha do ghabh mi na beagan chothroman a bh' agam airson faighinn a-mach dè thachair agus carson a dh'fhalbh iad. No cò eile a bh' ann a chaidh fhàgail san t-seann dùthaich agus nach d' fhuair às nuair a theich mo phàrantan agus Marguerite. Sin aon smuain nach robh agam idir nuair a bha mi òg, agus ged a chaidh e trom inntinn uaireannan bhon uair sin tha e air tighinn a-steach orm a-rithist an-diugh air sgàth nan dealbhan ud.

Agus cò ris am bruidhinn mi mu dheidhinn? Chan ann ri Fred, is e air a dhreuchd a leigeil dheth 's a' cluich goilf fad an latha. Tha esan air a bhith soirbheachail na dhòigh fhèin, agus tha mi cinnteach nach eil smuaintean mun t-seann dùthaich a' cur dragh air idir. 'S ann glè ainneamh a tha sinn air bruidhinn ri chèile san deich bliadhna fichead a dh'fhalbh. Tha co-dhiù ceathrar oghaichean aige, agus bha clann eile aige nuair a phòs e a-rithist.

Agus chan ann ri Jennifer. Chaill ise a màthair nuair a bha i na deugaire, ach bha beatha fhada aig a h-athair, Arthur. Mar a bha aig Marguerite. Ach cha bhiodh Jennifer a' tuigsinn. Bha

*fios aice fad a beatha cò i agus cò às a bha i, agus cha bhiodh
ceistean mar seo air a bhith mar uallach oirre. Chan urrainn
dhomh bruidhinn rithese.*

  *Bu chòir dhomh a h-uile rud a chur air ais anns a' bhogsa gu
faiceallach agus a ghlasadh leis an iuchair bhig òir. Ach chan eil
mi a' dèanamh sin. Tha mi a' cur air an t-solais agus a'
coimhead air na dealbhan a-rithist. Dealbhan de mo mhàthair
còmhla ri Marguerite agus na boireannaich eile nach do
dh'aithnich mi, agus an dealbh de mo phàrantan air latha
am bainnse. Tha mi a' coimhead anns na dealbhan airson
rudeigin a nì cùisean soilleir dhomh, ach chan eil mi ga
fhaicinn. Agus a-nis chan urrainn dhomh na dealbhan fhaicinn
idir, oir tha mo shùilean làn dheur.*

Beag-fhaclair XXXII

pùdar   *powder*
cruachan   *hip*
obair-lannsa   *surgery*
aideachadh   *admit*
an luchd-altraim   *nurses*
cailleach chiorramach gun fheum   *a useless, disabled old woman*
rinn i osna   *she sighed*
greimeachadh   *grasping*
airson am pian a lughdachadh   *to lessen the pain*
dè bha mi a' sùileachadh   *what did I expect*
na beagan chothroman a bh' agam   *the few chances I had*
tha e air tighinn a-steach orm   *it has occurred to me*
deugaire   *teenager*

Useful web sites

Comhairle nan Leabhraichean (The Gaelic Books Council)
www.gaelicbooks.org

Bòrd na Gàidhlig (a Gaelic development agency)
www.bord-na-gaidhlig.org.uk

Comunn na Gàidhlig (another development agency)
www.cnag.org.uk

Clì Gàidhlig (21st Century Voice of Gaelic Learners)
www.cli.org.uk

My Gaelic (online magazine)
www.mygaelic.com